藩《はん》邸《てい》差《さ》配《はい》役《やく》日《にち》日《にち》控《ひかえ》

砂原浩太朗

文藝春秋

藩邸《はんてい》差配役《さはいやく》日日控《にちにちひかえ》

拐《かどわか》し

一

　里村五郎兵衛《さとむらごろべえ》は耳をうたがった。眼前では、三和土《たたき》で棒立ちとなった野田弥左衛門《のだやざえもん》が、途方に暮れた面もちで肩を上下させている。五郎兵衛の屋敷まで、いそぎ駆けてきたのだろう。懐紙を当ててはいるが、小太りの頬に拭いきれぬ汗が滲《にじ》みだしていた。

「……すまん、もう一度いってくれぬか」

　式台から身を乗りだし、顔を近づける。野田も心得た体《てい》で、耳もとに口を寄せてきた。ちらりと視線が動いたのは、五郎兵衛のほうへ近づいてくる足音に気づいたものらしい。

「若ぎみが行方しれずに」

　うっ、と叫びそうになるのを、かろうじてこらえる。せっかくの非番だが、きのうから風邪ぎみだったので午睡を決めこんでいた。起きたばかりの頭がいちどに覚め、背すじにいやな震えがはしる。それ以上あわてなかったのは、背後で膝をつく人影をはばかったからだった。

「ともあれ、すぐ参る」

詰所で待っていてくれ、というと、わずかながら安堵したようすで野田が首肯《しゅこう》する。軀《からだ》つきに似合わぬ軽敏な動きで表へ出ていった。

振りかえると、娘の七緒《ななお》が不安げにこちらを見上げている。話は聞こえていないはずだが、ただならぬ気配を察したのだろう。五郎兵衛は、つとめて何気ない口調で告げた。

「いささか取りこみごとがあったようでな。今から詰所に行って参る」

「お休みですのに、ご苦労さまでございます」

案じるようにいって、そっと頭を下げる。そのしぐさが亡き妻によく似ていた。そう思って見ると、小柄な軀つきと、どこか寂しげな顔立ちも母ゆずりかもしれぬ。つと目を逸らして、居室のほうへ歩きはじめた。

「今日は帰れぬやもしれん。夕餉《ゆうげ》はふたりで済ませておいてくれ」

といいおき屋敷を出るまで、四半刻もかからなかった。ふたりで、といった残りのひとりは、次女の澪《みお》を指している。いつからか小太刀に熱をあげ、毎日のように道場へ通っているのだった。もう少しおとなしい習いごともしてほしいとは思うが、おさまる気配もない。藩侯一家の御前で型を披露して褒美をいただき、女中たちの指南まで頼まれるほど腕をあげてしまったから、無理もなかった。

里村の家は代々、神宮寺《じんぐうじ》藩七万石の江戸藩邸で差配役をつとめている。口のわるい者は、陰で何でも屋などといっているようだが、藩邸の管理を中心に殿の身辺から襖障子《ふすま》の貼り替え、厨《くりや》のことまで目をくばる要《かなめ》のお役だった。専従の者もいるが、すべての取りまとめが差配方とその頭《かしら》である五郎兵衛にまかされている。藩の草創期に家中の往来がしばしば円滑を欠き、刃傷沙汰におよぶことさえあったため、初代藩主のお声がかりで定められたのだった。

そうした役目ゆえ、大小によらず藩邸内の揉め事が持ち込まれるのは常だが、これはとりわけ大というほかない。下手をすれば、二、三人腹を切ることになるやもしれなかった。

詰所に足を踏み入れると、副役の野田をはじめ数人の下役が、蒼ざめた面をうつむけ、せわしなく歩き回っている。なにか用があってそうしているわけではなく、とてものこと、じっとしていられぬというところらしい。五郎兵衛に気づくと、ご差配、と叫んで皆がわらわらとあつまってきた。焦燥と困惑に満ちた顔が、いちどに迫ってくる。五郎兵衛は片方の眉を器用にひそめた。

「どうも暑苦しいの。まずは顚末《てんまつ》を聞かせてもらおうか」

いって、おのれの座に腰を下ろす。茶の一杯も飲みたいと思ったが、鼻も詰まっているから味も分からぬだろう。それどころでないことも承知していた。

ご世子《せいし》である亀千代《かめちよ》ぎみがお忍びで上野の山へ出かけたのは、昼まえのことだった。さかりとなった桜を見物に行くためで、ことし十歳の若君が物心ついたころから毎年おこなわれている行事である。大仰にならぬよう、女中もふくめて供は見え隠れに十人、場所もすぐそことといってよいから、気軽な遊山だった。

ここ本郷の上屋敷を出たときには、まだ人通りも多くはなかったという。が、無縁坂に差しかかったころから、もう花見客とおぼしき人出で道がふさがっている。不忍池《しのばずのいけ》のまわりにいたっては、歩くのに難儀をおぼえるほどのありさまだった。ようやく池の周囲を散策しはじめた矢先、気づけば若君が消えていたのである。

話し終えた野田が、こんどは首すじに浮かんだ汗を拭いている。五郎兵衛はふとい溜め息をこぼした。

「――消えていたといわれてもの」

供の者たちは数名がいちど報告に帰ってきただけで、残りはまだあたりを探しているという。悲愴な色を顔じゅうに塗って駆けまわる男女の姿が眼裏《まなうら》に浮かんだ。

ともあれ、くだんの場へ向かうに如《し》かず、と腰を上げかけたとき、開け放った窓から差し込む光がとつぜん遮《さえぎ》られた。面をあげると、黒い小袖に袴をまとった三十がらみの長身が、眼前に立ちはだかっている。むろん見知った顔だった。内心で舌打ちを洩らすまえに、相手が抑揚のない声で告げる。

「ご家老がお呼びでございます」

二

御用部屋へ入っていくと、大久保《おおくぼ》重右衛門《じゅうえもん》が眠たげな瞳をあげて、おう、といった。五郎兵衛は、袴の裾をさばいて正対する。詰所へ使いに来た波岡喜四郎《なみおかきしろう》が、するどい眼差しをあたりへ配りながら、敷居ぎわに腰をおろした。

江戸家老の大久保は五郎兵衛より十歳ほど上のはずだから、五十なかばということになる。皺の多さにまぎれて表情が分からず、放たれることばは常に短かった。いまも唇をひらいたかと思うと、しゃがれた声でひとことだけ洩らす。

「……聞いておろうの」

「はっ」むろん、亀千代ぎみのことに違いない。その程度の推量ができなければ、差配役はつとまらなかった。大久保が満足げにうなずいてみせる。そのまま、ごく平坦な口調で発した。

「むりに見つけずともよいぞ」

おもわず眉を寄せた。それはいったい、と問い返したかったが、大久保は煙草盆から煙管《キセル》を取りあげ、口もとにはこんでいる。話は終わったということらしかった。

波岡のほうへ目をやると、やはり用は済んだというふうに首肯してくる。五郎兵衛はおもむろにこうべを下げた。膝を起こして御用部屋をあとにする。

のんびりしている場合ではないが、詰所にもどる足どりが重くなっていた。濡れ縁から望む桜も、どこかよそよそしく感じられる。寸時もはやく若ぎみをお探しせよというのが、この際然《しか》るべき命《めい》のはずだが、大久保が口にしたことはまったくの逆だった。たいした距離もないから、じき詰所の障子戸が視界に入ってくる。そのまえに野田がたたずみ、いかにも落ち着かぬという体でこちらをうかがっていた。五郎兵衛の姿をみとめると、小太りの面がさっと明るくなる。

――まあよいか。

ふいに肚を据えた。いずれにせよ、知らん顔ですまされる話ではない。

――探すなと言われたわけでもあるまい。

「出立いたすぞ。留守にひとりだけ残し、あとは総出じゃ」

五郎兵衛が呼びかけると、承知、と応えて野田が詰所に飛びこむ。下役たちを急き立てる声が、一歩すすむごとに近づいてきた。

三

上野のお山は、予想をはるかに超える賑わいようだった。不忍池のほとりでは満開になった桜が空へ迫るように咲きほこっている。ひとめぐりして半刻はかからぬ池のまわりも見渡すかぎりの人波で埋まり、身分や年齢にかかわらず、誰もが浮かれた風情でそぞろ歩いていた。

風が吹くたび枝から離れた花弁が、ひらひらと頭上に舞い落ちる。屋台や露店もとところせましと並び、あたりは湧き立つような喧騒につつまれていた。

「これは……無理ですな」

先月から出仕したばかりの安西主税《あんざいちから》が、ととのった顔立ちをあからさまにげんなりさせて言った。隠居した父親はまじめ一方の男だったが、倅《せがれ》のほうはいつ見ても、やる気というものが感じられない。

「無理ですむか」

野田が睨みつけて叱咤《しった》するが、動じるようすもない。聞こえぬふりのまま、人ごみのなかに消えていった。安西は弁天堂のあたりを探すことになっている。他の者たちも、つぎつぎと持ち場へ向かった。

五郎兵衛は苦笑を呑みこみながら、頭上の桜並木を見上げた。桃色の天蓋から洩れた光が、まばゆいばかりに降りそそいでくる。かがやきの強さに、おもわず目をほそめた。

――とはいえ、やみくもにお探ししたところで……。

総出でやっては来たものの、雲をつかむごとき話ではある。にわかには考えがまとまらなかった。

「ご差配――」

野田が急き立てるように声を高める。そういう当人は、つなぎの役としてこの場へ残ることになっていた。五郎兵衛はうなずき返して歩きだす。若ぎみ付きの者をひとり、ともなっていた。橋崎泰之進《はしざきたいのしん》という名で、自分とおなじくらいの齢である。蒼ざめた顔をして、先ほどからひとことも発さぬ。場合によっては腹を切らねばならないのだから、当然というべきかもしれなかった。

亀千代ぎみの姿を見失ったのは、不忍池の散策をはじめてすぐのことらしい。ふだん屋敷のなかでばかり過ごしているせいか、若君はいつになくはしゃいでいた。あちこち駆け回ろうとして、なだめるのがひと苦労だったという。するうち、とうとう振り切られ、桜並木の向こうに消えた。あわてて皆で探したものの、それきり見つからなかったのである。

「まあ、せめて殿が国もとにおられるときでよかった」

気を引き立てるようにいってみたが、橋崎は白くなった唇を開こうともしない。仕方なく、岸辺に沿ってそのまま歩をすすめた。

池の方から濃い緑の匂いがただよってくる。蓮の葉がみっしりと集まり、水面に浮かんでいた。花が咲くのは夏のことだから、何ヶ月もあとになる。そのころには、藩侯もとうに出府しているはずだった。

むろん、そのときまで隠しおおせるわけもない。せいぜい一両日中に片をつけねば、ひとりやふたりの死人ではすまぬかもしれなかった。いちばんに責めを負うのは橋崎ら側仕えだが、藩邸差配役たる五郎兵衛自身に累がおよぶこととてありうる。

溜め息を呑みくだし、あたりに目をくばりながら、そろそろと足をはこぶ。楽しげな笑声を立てて歩くまわりの人影が、遠い国の住人でもあるかのように感じられた。

若ぎみが姿を消してから、すでに一刻半ほどが経っている。暮れるには間があるが、日はわずかに西へかたむきはじめていた。橋崎は血の気が失せた頰を震わせている。おのれの掌も汗ばんでくるのが分かった。

「あっ」

おどろくほど近くで、大きな声があがった。振り向くまえに、池のほとりで二人づれの影が立ち上がる。そのまま、木洩れ日を掻《か》いくぐるようにして近づいてきた。

「なんだ、このようなところで」

場合が場合だけに、つい口が尖ってしまう。駆け寄ってきたのは、髪を後ろにまとめて袴をまとった若い女と、お付きの老人だった。

小太刀の稽古に出かけた澪と、迎えに行ったはずの下男・捨蔵《すてぞう》である。いくぶん時刻も早いからめずらしいことだが、稽古を切りあげて花見に来たのだろう。老人のほうは、息を切らして汗まで浮かべている。そろそろ道場への行き帰りがきつい齢になっているのかもしれなかった。

「――父上は、いかがなされましたので」

よほどむずかしい顔をしていたのだろう、澪が気づかわしげに五郎兵衛の面をうかがってくる。

「少々さがしものでな」

ことさら何気ない口調でいうと、澪が身を乗りだした。捨蔵が袖を引くのもかまわず、詰め寄るふうに顔を近づけてくる。

「お手伝いいいたしまする」

「む――」

人手はほしいから、つかのま気もちが揺れたが、

――かるがるしく大事を明かすわけにもいかぬ。

やはり思いとどまった。ふだんなら一顧だにもしないところだが、非常時のうえ風邪気味で、勘が鈍っているのかもしれない。

「……いや、人手は足りておる」

洟《はな》を啜《すす》りながら応えていると、娘の背後から人影が駆けてくるのに気づく。

「ご差配っ」

人ごみを掻き分け飛び込んできたのは、弁天堂に向かったはずの安西主税だった。よく見ると、かなり遅れて野田が重たげに体を揺らしながら追いかけてくる。

そばまで来ると、安西は五郎兵衛と向かい合う澪にちらりと目を走らせた。むろん、娘の顔など知るわけもない。親の勘というやつで、その視線をさえぎるように澪のまえへ立つと、

「なにごとじゃ」

心もちいかめしげな声で問うた。するうち、息を切らした野田が追いついてくる。まだ肌寒さの残る日和《ひより》だが、すっかり汗だくになっていた。

「弁天堂にこれが……」

安西が差しだすものを見て、呻き声がふたつ重なった。五郎兵衛はそのまま前のめりになったが、橋崎の方はかるくよろめき、そばの桜樹に寄りかかってしまう。

若侍の手には、袱紗《ふくさ》にくるまれた守り刀がひと振り握られていた。鞘《さや》の中央に、銀の象嵌《ぞうがん》でお家の紋が刻まれている。亀千代ぎみの持ち物にまぎれもなかった。

四

詰所へ引き上げてきた者たちの顔は、いちように晴れなかった。朱を帯びた光が板張りの床に流れこみ、みなの面に滲んだ焦燥を色濃く照らし出している。

板の間へ敷かれた袱紗の上に、例の守り刀が置かれていた。夕日を浴びて、鞘に塗られた漆《うるし》がしたたるような輝きを放っている。ずいぶん大切に使っているらしく、傷ひとつ見当たらなかった。

安西主税が弁天堂で見つけたものである。裏側の欄干にこの袱紗で縛りつけてあったという。

「――よく見つけたものだな」

五郎兵衛がなかば呆れ顔でいうと、
「童《わらべ》のころから、かくれんぼは得意でございまして」
誇らしげに呑気な笑声を洩らした。堂の裏などは絶好の隠れ場所なのだという。言いながら、横目で澪を追いつづけているから、追い立てるように娘を帰らせた。すぐさま諸方に散った下役たちを呼びあつめ、弁天堂の周囲を念入りに探させたが、結局、刀以外の痕跡はなにひとつ見いだせていない。

若ぎみは、この守り刀ひとつしかたばさんでいなかったはずである。子どもとはいえ、一家の跡継ぎがみずから丸腰になるわけもない。

――なにゆえ、これが弁天堂に。

首すじに汗が湧き、襟もとから背中へ流れこんでいく。

亀千代ぎみは、ただいなくなったのではなく、拐《かどわか》されたのであろう。大胆きわまるというべきだが、下手人がそのことを知らしめるため、若ぎみの持ち物を目につくところへ置いたに違いなかった。

不忍池を訪れて、弁天堂に来ぬものはいない。当然そこを探さぬわけもなかった。とはいえ、堂の正面に置こうとすれば人目につきすぎるし、不心得な者に持ち去られる恐れがある。裏側の欄干というのは、しごく理にかなっている気がした。まんいち五郎兵衛たちが気づかなければ、あらためて、この刀を屋敷に投げ込むというやり口もあるだろう。

――そろそろ、ご家老方へ諮《はか》らずばならぬか……。

眉をぐっと寄せ、下役たちに気づかれぬよう吐息をこぼした。思い浮かべたのは、江戸屋敷を取りしきっている三人のことである。家老は大久保だが、留守居役が岩本甚内《いわもとじんない》、側用人はまだ若い曾根大蔵《そねおおくら》だった。曾根は藩主に随行して、いま国もとへ帰っている。差配役はこの三人に直属するかたちとなっていた。

むろん大久保と岩本には帰邸そうそう、耳打ちというかたちで知らせてあるが、正式に書類をあげれば後もどりはできぬ。若ぎみ失踪の件が、藩の記録にはっきり残ってしまうだろう。それは、誰かしら責めを負う者が出ずにはいないということでもあった。

「万事休す、でございましょうか……」

野田弥左衛門がぼそりとつぶやく。それに合わせるごとく、幾人かの者が心細げに息をついた。

五郎兵衛は喉まで出かかった舌打ちを呑みこむ。わざわざ口にするなと思ったが、咎《とが》める気も起きなかった。野田が突き出た腹をしきりにさすっているのは、切腹のことが頭をかすめたからだろう。おのれとて、そのままですむはずはなかった。

「さて――」ふいに安西主税が声を発する。五郎兵衛は、おもむろにそちらへ目を向けた。若侍が腰をあげながらいう。

「そろそろ引き上げても、よろしゅうございましょうか」

唖然《あぜん》として、野田と顔を見かわした。他の下役たちは、座をかえたり腰を動かしたりと落ち着かなくなり、五郎兵衛と安西を交互にうかがっている。

たしかに常であれば退出の刻限だが、だれが見ても非常のときである。夜半には市中の木戸も閉まるから、やむなく引きあげてはきたものの、帰ろうとする者がいるとは思いもしなかった。橋崎たちも、肩を落として側仕えの詰所へもどっていったが、当然そのまま残っているだろう。

「よいわけがあるまい」

押し殺した声で野田が洩らす。肥えた頰のあたりがぶるぶると揺れていた。いまにもその口から怒声が発せられそうに見える。当の安西はまったく悪気がないらしく、いぶかしげに野田のほうを見やっていた。

「まあ、しかし」五郎兵衛は、ことさら力の抜けた声を投げる。皆の目がいっせいにこちらを向くのが分かった。「ここで雁首《がんくび》そろえておっても、詮ないのはたしか」

「そんな」

野田が咎めるように目を剝《む》く。おもわず肩のあたりをすくめそうになったが、そのまま
まつづけた。

「とりあえず、二手《ふたて》にわかれて半分は詰所で待とう。明ければ今いちど探しに出る。残りは帰って寝るなり休むなりせよ。一日を三つに分け、四刻ごとに交代するとしよう」

「なるほど、妙案でござりまするな」

安西がやけに明るい声でいった。野田がますます顔をしかめたが、とりあわずに下役

たちをふたつに振り分ける。ひとつの組が十人ほどとなった。安西は残す方にしたが、その仕組みに納得したのか、帰ってゆく朋輩たちを目にしても不満げな色ひとつ見せていない。

ひとが半分になると、にわかにおそろしいほどの静寂が伸しかかってくる。桜の咲く時分とはいえ、夜気はまだ充分すぎるほどつめたいものを孕《はら》んでいた。が、寒々しさがただよっているのは、そのためばかりでもないだろう。行灯《あんどん》の火明かりが揺れる音まで、はっきりと耳の奥に響いてくるようだった。

「……半分も帰してよろしかったのですか」

野田が不服げなつぶやきをこぼす。五郎兵衛は苦笑まじりに返した。

「寝ていない者が何人おっても、役にはたたぬ」

あきらめたのか、野田もそれ以上食い下がってはこない。文机のほうへ移って、所在なげに帳面を繰りはじめた。急ぎの仕事があるとは思えぬから、気をまぎらすためだろう。

ふと目をやると、安西がくだんの守り刀を袖に載せ、しげしげと眺めている。取りまぎれてそのままになっていたが、どこかへ仕舞っておいたほうがいいなと気づいた。立ち上がって、若侍のそばに腰を下ろす。

「どうかしたか」

声をかけると、ぞんがい無邪気な笑みを浮かべて応えた。

「いえ、今のところ、これしか取っかかりがございませぬゆえ、なにか見落としていることはないかと存じまして」

「なるほど」

おぼえず首肯したが、当の安西は矯《た》めつ眇《すが》めつの体で、刀の検分に没頭している。刀身をあらためたり、鞘に目を凝らしたりと、上役がそこにいることなど忘れた風だった。

五郎兵衛は手持ちぶさたとなって、膝先に目を落とす。守り刀を結わえていた袱紗が、板張りの上に残されていた。退屈しのぎに摘まみ上げ、顔のまえに広げてみる。

何の変哲もない紫の袱紗である。すでにいちど検《あらた》めているが、屋号や持ち主の名まえが入っているわけでもなかった。しばらくそうして眺めていたが、ややあって畳みはじめる。刀とともに手文庫のなかへでも入れておこうと思った。

五郎兵衛の指が、にわかにとまる。ほとんど畳み終えていた袱紗をいまいちど広げ、食い入るように見つめた。

「ご差配――」

安西主税がいぶかしげな声をあげて、こうべをかしげた。野田もただごとでない気配を感じたらしく、がたりと音をさせて腰を浮かせる。五郎兵衛は応えることも忘れ、噛みつかんばかりにして袱紗に顔を近づけた。

五

屋敷の玄関先に立ったときは、さすがに足もとが覚束なくなっている。明けきらぬ空からこぼれる光が、やけにまぶしく感じられるのは、目がしょぼついているからだろう。つぎの組と交代して帰途に就いたのだが、やはり夜通し起きているのはつらい年齢になっていた。

五郎兵衛のためにあけておいたらしく、戸はすんなり開いたが、誰かが起きだしている気配はまだない。そのまま上がり框《かまち》に座りこみ、ひと息ついた。どこからか鶯《うぐいす》の囀《さえず》りが耳に飛びこんでくる。鳥は早起きだの、と思った。

背後で廊下の板が鳴った、と思う間に、奥から気ぜわしげな足音が近づいてくる。振り向くと、女にしては背の高い影がひとつ、すこし離れて膝をついた。

「お帰りなされませ」

「……来ておられたのか」

ひと晩ぶん伸びた髭を隠すように、口もとへ手を伸ばす。

女は、亡妻の妹で咲乃《さくの》という。三十路も半ばを過ぎているが、ゆえあっていまだ独り身だった。その気安さもあるのか、ときおり屋敷をたずねてくる。娘たちも小さいころからなじみの叔母ゆえ、気がおけないらしかった。おそらく昨日もそうして訪れ、五郎兵衛が戻らぬと聞いて、そのまま泊っていったのだろう。七緒と澪も、さぞ心強かったにちがいない。寝衣でなく藤色の小袖をまとっているから、あるいは眠っていないのかもしれなかった。

「造作をかけましたな」

とだけ告げ、かるく低頭した。めっそうもないことでございます、と応えて咲乃もこうべを下げる。なにがあったのか、などと聞く女ではなかった。

「父上――」

奥から転《まろ》び出るように七緒があらわれ、叔母とならんで腰を下ろす。いつも静かなこの娘にしては、めずらしいことだった。やはり寝衣ではなかったが、わずかに瞼が腫れぼったくなっている。待ちつかれ、うとうとしたところに父が帰ってきたものらしかった。

「とりあえず、ひと眠りするとしよう」

立ち上がって、ふたりにいった。七緒が両袖をあげたので、腰のものをあずける。そのまま、あたりを見まわすようにしてつぶやいた。

「澪は寝《やす》んでおるか」

声をかけてはみたが、部屋のうちから応えはなかった。五郎兵衛は襖に手を伸ばし、そっと引き開ける。

居室の中ほどに端座した澪が、ゆっくりとこちらを振り向いた。やはり寝衣に着替えてはおらず、床も延べられていない。ふだん快活すぎるほどの娘が、蒼ざめた面もちで父の顔を見つめていた。その瞳もつねになく虚ろで、ただ透き通ったビードロのように感じられる。

無言のまま、澪のかたわらに腰を下ろした。娘の眼差しに揺らぎが萌《きざ》し、少しずつ頬に赤みが戻ってくる。目の端から、かすかに滴のようなものが盛り上がっていた。

「……申し訳ございませぬ」

ややあって、澪が押し殺した声を洩らす。眦《まなじり》からこぼれたものは、すばやく拭きとっていた。

五郎兵衛は吐息をついて、懐《ふところ》に手をのばす。取りだしたのは、守り刀を包んでいた、くだんの袱紗だった。

「鼻が詰まっておったゆえ、気づくのが遅れたが」ことさらおどけた口ぶりでいう。

「格別なる香の匂い、忘れるわけもない」

香というのは、昨年、澪が藩侯一家の御前で小太刀の技を披露した際、褒美としてくだされたものだった。国もとからそのために取り寄せた逸品と聞くから、他に持っている者はそうそういないはずである。もともと嗅いだこともない下役たちは、袱紗から香が匂ったところで何も疑いはしない。

「――それだけでお分かりになったのでございますか」

澪が追いすがるように聞いた。五郎兵衛はゆらゆらとかぶりを振る。

「花見のため稽古を切りあげるとはそなたらしゅうもないが、こちらも度をうしなっておったゆえ、深くは考えなんだ。が、ふたつ不審がそろわば、見過ごすことはできぬ」

「ご慧眼、恐れ入りましてござりまする」

澪がうなだれて膝に目を落とした。おぼえず苦笑がこぼれる。

「誉められてもあまり嬉しゅうないの……ともあれ、わけを聞かせてもらおうか」

はい、と応えた声が、この娘とも思えぬほどか細かった。喉のあたりがわずかに揺れる。

女中たちへ小太刀を教えることになって以来、澪は時おり若ぎみともことばを交わすようになっていた。先月奥へ伺候《しこう》した際こっそりと呼ばれ、じきじき耳打ちされたのだという。例年の行事である花見が来月に迫っている。ついては、少しだけ皆と離れ、思うさま市中を散策してみたいから、手を貸してくれまいか、と。

むろん、それでは皆が困りまする、とお諫《いさ》めしたが、

「これから家を継ぎ、妻など迎えては、ますます気儘《きまま》もならぬ。子どものいたずらですむうちに、な」

こわいほどの真顔で詰め寄られる。子どものいたずらですむうちに、と当の子どもがいうのは妙に力のある言い分で、無下《むげ》にことわることもできなかった。

澪が頼まれたのは、ただ一つのことである。こうした行事は毎年呆れるほどおなじよ

うに繰りかえされるから、不忍池に到着する頃合いも予想がついていた。行方をくらますとしたらその直後だから、刻《とき》をあわせて守り刀をひと振り、弁天堂の裏に据えてきてくれという。守り刀は二振りあって、ふだん仕舞ってある方を渡されたのである。刀がやけにきれいだった理由はそれで分かったが、

「いったい、何のために」

首をかしげると、

「皆は刀の近くを探すであろうから、そのうちに、べつな方へ行くと仰せられて」

唇を震わせながら発する。五郎兵衛は、ことばをうしなった。

澪は道場からの帰り道、花見に行くと称して不忍池へ足をはこんだが、その途中、供の捨蔵をまいて弁天堂に向かった。若ぎみの言いつけどおり、守り刀を置いて戻ったところには、探しつかれた老爺がすっかり息をきらして汗だくになっていたという。

「が、そうなると……」

五郎兵衛は顎に手を当て、考えをめぐらす。すぐ戻ると若ぎみはいっていたそうだが、一昼夜を経た今でもお帰りになっていない。あるいはどこかで異変が起こったのかもしれなかった。澪が蒼ざめるのも当然だろう。

――結局は振りだしか……。

曙光が見えたように思ったのはつかのまで、なにも好転していない。刻が経った分だけ、わるくなっているというべきだった。

「お赦《ゆる》しくださいとは申しませぬ」

澪が切れ長の目を上げた。白目のところは充血しているが、瞳の奥がきらきらと光っている。母親に似てきたな、と思った。「このまま若ぎみにもしものことあれば、わたくしも生きてはおらぬ覚悟でございます」

「――生き死にのことなど簡単にいうてはならぬ」ひとことずつ、ことばを押しだす。

「母の心もちを思うてみよ」

娘がぐっと喉を詰まらせる。

「母上の……」

五郎兵衛の亡妻は千代《ちよ》という。澪の出生と入れ替わるようにして世を去ったのだった。おさない頃から、亡き母に貰《もろ》うたいのちと教えてある。

うつむいた澪の背が小刻みに震えている。五郎兵衛は娘の肩へ手を添え、語りかけた。

「どのみち、若ぎみになにかあれば、そなたの身ひとつで贖《あがな》えるわけもない」

「……………」

唇を噛みしめた澪を見つめ、ふっと頬をゆるめてみせた。戸惑いの色を浮かべた娘に、ゆっくりと告げる。

「まずは、やれるところまで足掻いてみるわえ」

六

交代の刻限まで寝間で休み、昼すぎに屋敷を出た。多少は眠れたものの、熟睡《うまい》には程遠い。式台で見送る女たちが気づかわしげな目を向けてくるから、疲れが顔に出ているのだろう。咲乃と七緒も、なにか尋常ならぬことが起こったとは察しているに違いない。が、あえてふだん通りの見送りを心がけているようだった。

「面倒のかけ通しで、恐れ入る」

三和土に立って低頭すると、咲乃がきっぱりとこうべを振った。五郎兵衛が休んでいるうち、着替えを取りにもどったらしい。朝見たときとは違う、縹《はなだ》色の小袖をまとっていた。

「どうぞ、つつがなくお戻りなされますよう」

つつがなく、のところに、心なしか力が籠もっていた。七緒が叔母のことばにつづき、ふかぶかと腰を折る。ことばの少ない娘ではあるが、動作のひとつひとつがおざなりでなかった。澪は唇を結んだまま、ひとときも父から眼差しを逸らさずにいる。

詰所へ入ると、ひと足先に来ていた野田が、手短かにようすを伝える。もっとも、憔悴しきったその面もちを一瞥《いちべつ》すれば、話は聞くまでもなかった。王子のほうまで網をひろげてお探ししたが、案の定、それらしき子どもの姿を見たものはなかったのである。

身なりも目立たぬようにしていたと聞くし、人目に立つ振る舞いは控えているのかもしれなかった。

「茶店は聞きこんだであろうな」

いちおう念を押したが、応えるかわりに野田ががくりと肩を落とした。声もなく、鼻からふとい息を吐きだしている。おのれより一つ二つ上に過ぎぬが、急に老けこんだように見えた。

五郎兵衛が考えたのは、若ぎみが茶店などで悶着《もんちゃく》を起こし、店の者の心もちに引っかかりを残してはおらぬかということだった。歩けば喉も渇こうゆえ、茶の一杯も呑みたくなるだろう。とはいえ、金を持たぬまま店に入っては、先方も黙って帰すはずがない。そうした騒ぎが起こってはいないか、と期待したのである。暇つぶしで読む草双紙によくある話だった。

が、これはすでに望み薄と澪から聞かされている。若ぎみは、いくばくかの金子《きんす》を持ち出したはずだというのだった。

となれば、あの人出である。げんに、少年だけの一行もいくつか目にしていた。すんなり金を払った子ども一人、覚えているのはむずかしいだろう。守り刀の件ではすっかり翻弄されたが、どこまでいっても、こちらが思いつくようなことは、端《はな》から織り込みずみらしい。

――賢いな……。

亀千代ぎみの面ざしが瞼の裏に浮かぶ。取り立てて秀麗な容貌というわけではないが、目がきれいだな、と思ったことはあった。だから名君、となるほど簡単でもあるまいが、すくなくとも暗君暴君の類《たぐい》となる匂いは発していない気がする。

自分が行方をくらませば、皆が困《こう》じ果てる。そのことが分からぬ方ではないと見てよかった。実をいえば、子どもの気まぐれと、どこか腹立たしい思いもぬぐえずにいたが、ここへきて考えが変わりつつある。

――それでもなお踏み外してみたい、と思われたのだな。

子どものいたずらですむうちに、ということばが頭の奥で幾度もひびいている。それはどこか悲愴な匂いを帯びているようでもあった。だからこそ、澪も断り切れなかったのだろう。

「遅くなりまして、申し訳ございませぬ」

安西主税が眠たげな声をあげながら、詰所に入ってくる。ことばの割に、わるびれた風情はうかがえなかった。今日もやる気とは無縁らしい。

五郎兵衛は苦笑を嚙みころしながら、切絵図を手に取った。吉文字屋《きちもんじ》という板元から出たもので、さいわい本郷や上野のあたりが入っている。

まだ眠気の残る頭に、上屋敷の界隈や不忍池周辺のようすを浮かべる。人込みのなかをひとり逍遥《しょうよう》する亀千代ぎみの姿が、それに重なった。その像から気儘を楽しんでいる風は伝わってこず、どこか寂しげにさえ感じられる。引きずるような足どりで、池のまわりを北の方に向かって歩いているのだった。

――どうにもひとり合点が過ぎるわ。

勝手に思い浮かべておいて寂しそうもないもの、と絵図を放り出しそうになった手が止まる。

――なぜいま、北と思ったのか。

そのことであった。本郷の屋敷は上野の西方にあり、無縁坂を下れば不忍池の南岸に辿りつく。まずはその辺りから探すものだし、例の弁天堂は東岸にあるから、守り刀が見つかったあとは、そちらへ人を割いた。若ぎみは、それを見越してべつのところに行くと言っていたらしい。となれば、北の方へ向かったに違いなかった。が、さいぜん野田もいったように、今朝から北は王子に至るまで手をのばしているが、手がかりは見つかっていない。

――若ぎみは、どうされる。

頭のなかが、めまぐるしく回転するようだった。顎に手を当て黙りこんだおのれを、下役たちが心もとなげに見やっている。分かってはいたが、いま考えを途切らせたくはなかった。

「ご差配――」

そんななか安西だけが無造作に近づき、こちらの顔を覗きこんでくる。「いかがなされました。どこかお具合でも」

内心、舌打ちを洩らす。おもわず邪慳《じゃけん》に手を振り、追い払おうとしたが、呑気な若侍の顔が目にうつった途端、はじかれたように立ち上がっている。

「弁天堂は探したか」

勢いこんで尋ねると、安西がけろりとした面もちで応える。

「むろんでござりまする。お忘れですか、くだんのお守り刀を――」

「そのあとじゃ」

言い捨てて走り出している。ご差配っという野田の声が聞こえたが、かまわず詰所を飛び出した。そのまま藩邸の外に出る。門番があわてて呼びとめようとしたが、振り切るように通りへ出た。春の日ざしに射られ、つかのま視界が白くなったが、もとの色がもどる間も惜しんで東のほうへ向かう。

むろん、不忍池に行くつもりである。とはいえ、一気に駆け通せる距離ではないから、途中で息が切れ、結局は小走り程度になってしまった。するうち、気の毒なほどに汗を垂らしながら野田が追いついてくる。

「いったい、どうなされたので……」

という声も喘《あえ》ぎまじりで、幾度か聞き返したほどだった。

ともあれ歩きながら話そう、と応えたところで、

「やあ、よかった」

呑気な声とともに安西主税が近づいてきた。こちらは汗ひとつ掻くでもなく、涼しげ

な顔をしている。端から走る気などないらしかった。前のめりに歩をすすめる五郎兵衛たちと並んで、爪先を踏みだす。

「――若ぎみは弁天堂に行かれたはずだ」

五郎兵衛がいうと、野田より先に安西がいぶかしげな声をあげた。

「いえ、こう見えて丹念にお探しいたしましたが、くだんのお守り刀以外は」

こう見えて、というところが可笑《おか》しいなと思ったが、気が急いてもいるので、そこは言わぬ。五郎兵衛は真顔で若侍を振り仰いだ。

「ちがう、そのあとじゃ」

野田が、えっという声を洩らす。すれちがった町人が、おどろいたような顔でこちらを振りかえった。

「くわしくは言えぬが、あの守り刀は若ぎみが置かせたものだ」

「ええっ――」

今度は安西のほうが頓狂《とんきょう》な声をあげた。いつも飄々《ひょうひょう》としたこの若者にはめずらしいことだから、しんそこ驚いたものらしい。澪の件は伏せて話したから無理もないが、唖然と口を開けるふたりを横目に、五郎兵衛はおのれの推量を話した。

弁天堂に刀を置かせたのは、探索の目をあつめるためだと澪はいったが、それだけではない気がした。

さんざん訪ねまわって見つからなければ、もうその周囲を探そうとするものはいない。

人手がなくなったころ弁天堂にもどれば、これ以上見つかりにくい場所はないことになる。

「若ぎみは十《とお》でございますぞ。恐れながら、賢すぎませぬか」

野田が疑わしげにつぶやく。安西も同意というふうに頷いてみせた。五郎兵衛はふたりを振りかえりながら告げる。

「――早《はよ》う大人になってしまう方というのがいるものでな」

納得したわけでもなかろうが、ふたりともそれ以上、食い下がってはこなかった。いまいちど弁天堂を探すということには異議がないらしい。

不忍池のまわりは、昨日に劣らぬ人波で埋まっていた。花見客の頭越しに覗く水面が、昼下がりの光を弾いてまばゆく輝いている。鶯の囀りも、かしましいほどの響きであたりを覆っていた。

息せき切って池の南端をまわりこむ。怪訝そうに道を空ける町人もいれば、迷惑げに顔をしかめる武家の姿もあった。

東岸にまわって弁天島へつながる石橋を渡るころには、言い合わせたごとく三人とも速足となっている。まるで競走でもするような勢いで、銅《あかがね》づくりの鳥居を駆け抜けていった。弁天様は嫌な顔をなさるだろうが、いまはそれどころでない。

正面に弁天堂が鎮座している。丹塗りの高欄がほの白い日差しのなかに浮かび上がっていた。刹那、足をゆるめかけた五郎兵衛だが、とっさに爪先を右へ向ける。えっ、という戸惑い声と、そうか、という若い声が、そのまま背後を追ってきた。振りかえりもせず、堂の角を折れて裏にまわる。

「あっ」

と叫んだのは安西主税だった。守り刀が括られてあったという欄干の奥にぽつりと腰を下ろした少年が、所在なげに団子を食べている。亀千代ぎみに相違なかった。こちらに気づくと、はにかむようでもあり、ばつわるげでもあるような笑みを向けてくる。

「そろそろ帰らねばと思っていたところだ……気づいてくれてよかった」

「まことに恐れ多きことながら」近づきながら五郎兵衛はいった。すこし険しい声でつづける。「こうした折はまず、すまなかったと仰せになるべきかと存じまする」

「ご差配っ」

野田が慌てた声をあげて袖を引いたが、かまわず若ぎみを見つめる。驚いたように見開かれた少年の瞳が、次の瞬間、物憂げな影をおびて伏せられた。まるで眼差しの重さに引きずられるごとく、そのままゆっくりとこうべを垂れる。

「――その通りだな、すまなかった」

「出すぎたことを申しました」こちらもふかぶかと腰を折った。面をあげながら唇《くち》もとをゆるめる。「それで、お楽しみになられましたか」

亀千代ぎみはわずかに目を逸らし、ひとりごつようにいった。

「迷惑をかけておいて言うことではないが、正直に申せば、それほどでもなかった」

そんな、と無遠慮に発したのは、安西らしい。たしなめる野田の声が背後で響いたが、五郎兵衛は若ぎみから眼差しを逸らさなかった。その視線を受けとめながら、少年が口をひらく。やはり目がおきれいだな、と思った。

「帰るまえに野宿というものをしてみたくなったのだが、思いのほか夜は寒いな」そこまでいって、声のない笑いを洩らす。たしかに十歳の少年とも思えぬ、やるせなげな笑みだった。「どれほど人出が多かろうと、結句、おのれ一人《いちにん》であることにも変わりはなかった」

「……」

読みは当たっていたらしく、若ぎみは五郎兵衛たちが不忍池の南から東へかけて探し回っているうち、北の方に向かったという。茶店に入ったり、小間物屋で買い物をしたりしたあと、探索の手が北へのびる頃合いを見はからって池をまわりこむ。そのまま人出の失せた弁天堂にもどって夜明かしをしたのだった。

そのあいだ、少年がどのような思いをめぐらしていたのかは知るすべもないし、聞くつもりもなかった。所詮、心もちのことは他人がどうこうできるものでもない。

「いろいろとよう分かったゆえ、二度とはせぬ」腰をあげながら、亀千代ぎみがいった。

「いえ」五郎兵衛は、おもむろにかぶりを振った。「また、お出になるべきかと」

「えっ」若ぎみが声を呑みこんだ。はじめて見せるような、子どもらしい驚きの色が顔中にひろがる。野田がまた袖を引いてくるのに取り合わず、語を継いだ。

「若ぎみがご覧になったのは、ほんのひとかけら……幾度見ても分からぬのが世間と申すものにて」そこまでいって、いたずらっぽい笑みを口辺にたたえる。「ただし次からは、身どもらが見え隠れに付き従うこと、お許しいただきたく」

いかにも承知じゃ、と明るい声でいって亀千代ぎみが手をのばした。一礼して小さな掌を取ると、少年がひょいと高欄を飛び越え、地に降り立つ。握りしめた手はすこし冷たかったが、ゆっくりと血が通ってくるようでもあった。

若ぎみの手を離そうとした五郎兵衛の拳に、いまいちど力が入る。堂の角を曲がってこちらへ近づいてくる人影に気づいたのだった。両刀をたばさんでいるから武士であることは間違いないが、無紋の着流しに頭巾をかぶっている。足運びからして、ただならぬ修練を積んだ者であると見て取れた。

——まずい。

と思った瞬間には相手が抜刀し、右肩に抜き身を担ぐような姿勢で疾走している。爪先は明らかにこちらのほうを向いていた。野田が立ちつくして、あわあわと悲鳴をあげる。抜くべきかとつかのま迷ったが、

——間に合わぬ。

とっさに身を投げ出し、若ぎみに覆いかぶさった。少年の温もりを感じながら、きつく目を閉じる。

甲高い音があたりを圧するように響いた。いつまで経っても、軀に痛みを感じぬ。お

そるおそる顔をあげると、ひょろりと細い影がかたわらに立ちはだかっていた。白刃《はくじん》を抜き放ち、八双《はっそう》にかまえている。刺客の刃《やいば》を撥ねかえし、向き合っているということらしい。

「安西――」

おもわず発した声が合図にでもなったかのように、若侍と対峙していた相手がするするすると後退する。その足さばきも只者《ただもの》とは思えなかった。弁天堂の角までさがったところで身をひるがえし、駆け去っていく。

「お、追いますするか」

ようやく縛《いまし》めの解けた体で野田が近づいてくる。五郎兵衛は口早に告げた。

「いや、ここで派手な追いかけっこなどしては、人目に立つ。若ぎみをぶじお連れするが肝要」

承知つかまつりました、とどこかほっとした声で応えながら、野田が若侍に怪訝そうな視線を投げる。すでに刀をおさめ、いつもと同じやる気なげな表情をたたえていた。

「存外遣えるの」

五郎兵衛が低い声でいうと、照れたような笑みが返ってくる。

「こう見えて、いささか」

「こう見えて、の多いやつじゃ」

失笑して心もちが落ち着いたのか、掌のなかにやわらかなものがあると気づく。眼差しを落とすと、若ぎみがこちらを見上げ、つないだままの手を握り返してきた。五郎兵衛は口辺に微笑を浮かべ、掌に力をこめる。亀千代ぎみが強張っていた頬をゆるめ、力づよくうなずいてみせた。

若ぎみをぶじ奥に送り届けて詰所から退出する。大久保家老には真っ先に復命したが、以後、警護の者を増やそうとみじかく言われただけだった。

午後の日ざしが正面から瞼の奥に射しこんだ。ふいになった休みを今から取りかえすつもりでいる。五郎兵衛は懐に入れたものをたしかめるように、胸もとへ手を這わせた。

亀千代ぎみから渡された鼈甲《べっこう》の簪《かんざし》である。澪への土産だという。池のまわりを逍遥しているあいだに、小間物屋で買い求めたのだった。

「いずれじかに言うつもりだが――すまなかったと伝えてくれ」

五郎兵衛にだけ聞こえる声で、別れ際、そっとささやかれた。その声を胸のうちで反芻しながら歩いていると、

「お手柄でしたな」

後ろから来た人影が、追い抜きざま声を投げてくる。身がまえて仰ぐと、大久保家老の側近・波岡喜四郎が表情のない顔を向けて振りかえった。五郎兵衛と目が合うと、わずかに眉を寄せてつづける。

「むりに見つけずともよい、と言われたはずですが」

「……探すな、とも聞いておりませぬ」

応えながら袴に手を当て、腰を折った。波岡が唇をゆがめて冷笑を洩らす。その脇を擦りぬけるように歩をすすめた。相手もそれ以上、追いすがろうとはしない。

屋敷の門前まで帰ってくると、捨蔵が水を撒《ま》いていた。春とも思えぬつよい陽光が首すじを灼く。季節外れの打ち水から立ちのぼる涼気が面を撫でていった。

玄関先まで出ていた澪がこちらに気づき、ほっとしたような表情を浮かべる。笑顔でそれに応えながら、ふと足をとめた。

門を入ったところで花を開かせていたはずの菫《すみれ》が、まとまって切られている。あわてていたから自信はないが、けさ屋敷を出たときにはそこで咲いていた気がした。つかのま小首をかしげ、思いをめぐらせる。

——そうか……。

じきあの男の命日だったな、と気づいた。七緒が切って供えたのだろう。

かくれていた痛みが、胸の奥で頭をもたげる。五郎兵衛は立ちつくしたまま、深い吐息をこぼした。

黒い札

一

　下役が十寸四方ほどの桐箱を逆さにすると、折りたたまれた紙片がいくつか転がり出る。里村五郎兵衛は目を凝らしてその数をたしかめたが、三つに間違いなかった。かたわらに坐す森井《もりい》惣《そう》右衛《え》門《もん》を見やると、やはり数えていたらしく、心得顔でうなずき返してくる。下座では紙片とおなじ数の町人が、強張った面もちを隠そうともせず、こちらをうかがっていた。

「では、読みあげてもらうとしよう」

　森井がうながすと、低頭した下役が紙片をひらく。長門《ながと》屋二百二十両、とよく通る声が座敷に谺《こだま》した。五郎兵衛たちの背後では書き役が筆を走らせ、読みあげたままを帳面に記している。桜はとうに散ったが、開け放った障子戸の向こうで、庭の躑躅《つつじ》が赤や紫といったとりどりの花弁を匂やかに広げていた。

神宮寺藩御用の商人《あきんど》をあらたに定めるため、入れ札をおこなっているのである。むろん御用商人もさまざまで、呉服屋もあれば菓子屋もあり、米野菜にいたるまで購《あがな》う店は決まっていた。商いではないが、下肥えにすべく厠《かわや》の汲みとりにくる百姓も鑑札をあたえられたものに限られている。

こたびの入れ札は、皿や碗など奥の調度をあつかう商人を選ぶものだった。一年のうちにかかる費《つい》えを見積もらせ、先ほど桐箱に投じさせたのである。これまで御用を請け負っていた日本橋の大店《おおだな》があるじの病で商いを小さくすることとなったため、同業の者をいくつか募った。控えている町人は、各家の番頭たちである。

調度の責を担うのは御納戸《おなんど》頭の森井だが、御用商人の選定は大ごとだから、諸事見届けの任を負う差配役も駆り出される。何でも屋という渾名《あだな》も、あながち的外れではない。季節ごとにお決まりの仕事も多いが、この手のことは、たいていふいに訪れる。亡父の跡を継いで差配役となってから十五年ほどになるが、前回の入れ札は三年以上まえだった。おのれより一つ齢上の森井は良吏と評判の人物だが、お役について二年というところだから入れ札の経験はない。さすがに気が張っているらしく、はたから見ても背すじが固くなっていた。

下役が二つめの紙片を読み上げる。二百二十五両と聞こえたから、一軒目と似たような額である。

——競《せ》っておるの。

居並ぶ番頭たちも、程度の差はあれ、いちように落ち着かなげな表情をたたえていた。森井の横顔をうかがうと、やはり気づかわしげに眉根を寄せている。春たけなわのやわらかな空気がひといきに凍えはじめたようだった。静けさが肌を刺し、最後の紙をひらく音だけがやけに大きく響く。

「大和屋《やまと》、百九十五両」

これで決まりだな、と思った。読み終えた下役の声からも緊張が遠のき、一段落ついたというふうな安堵がそれに代わる。が、入れ違いのようにして、かすかな違和感が五郎兵衛の脳裡をよぎった。自分でもその正体がつかめぬまま、凝らしていた息をついて面をあげる。

——おや。

いつからそこにいたのか、縁側に肩幅のひろい影がたたずんでいる。背を向けた格好の番頭たちは気づいていないが、森井は目を留めたらしく、急いでこうべを下げた。

江戸家老の大久保重右衛門が、背後からまばゆい光を浴びて立ちはだかっている。ひとことも発さぬまま、するどい眼差しで座を見渡していた。気圧《けお》されるようなものを覚え、五郎兵衛は、つい面を逸らしてしまう。畳の目がくっきりと浮き上がり、強い緑の匂いが鼻腔に突き立った。先ほど抱いた不審のもとはこの御仁《ごじん》だったのかと思ったが、いまひとつ釈然としない。

ややあって顔を上げると、大久保はすでに背を見せていた。見守るうち、音ひとつ立てるでもなく、ゆったりと遠ざかってゆく。いくらか前かがみになった影が消えると、咲き競う躑躅の赤が目に飛びこみ、わずかに痛みを覚えるほどだった。

二

「で、なにが引っかかるのでございますか」

副役の野田弥左衛門が、額を懐紙で拭いながらいった。まださほど暑い時季ではないが、この男は年じゅう汗を掻いている。そのためもあるのか、六畳ほどの小部屋には夏を先取りしたような温気《うんき》が籠もっていた。

「三軒のうち、二軒が二百二十両と二十五両、競り勝った大和屋が百九十五両……」あの折、書き役が記した帳面を読み上げながら、五郎兵衛は首をかしげる。「その値《あたい》がどうも気にかかる」

「大和屋だけが二百両を切ったことでございますか」

それほど関心があるようにも見えぬが、安西主税が、いちおう考えた体で口をひらく。五郎兵衛は微笑をたたえて、かぶりを振った。

「どちらかというと、逆じゃな」

いぶかしげに眉をひそめる若侍へ向かってつづける。「公《おおやけ》にはいえぬが、こうした折は、どの店も手を尽くしてこれまでの掛かりを調べるもの」

まえに御用を務めていたお店《たな》より下げた値を出しておけば、勝つ目も増す。が、神宮寺藩では、あくまでその額は伏せた上で入れ札をおこなうことになっていた。当然、これまでの御用商人にも口外は禁じている。知ってしまえば、値下げ合戦がはじまらざるを得ないからで、商人を泥沼から守るという建て前らしい。

百年ほどまえに当時の藩主がさだめたことだが、商人からすれば、ありがた迷惑といえる。入れ札にくわわる側としては、知りたくないはずもない。結局は探る手間が増えただけの話で、どうにかして以前の額を突き止めるのも、才覚のうちというわけだった。

「それで、今までの額だが……」

五郎兵衛がいうと、野田が膝をすすめる。

「昨年は、二百と五両でございました」

安西が、へえと呑気な声をあげた。とはいえ、だからどうなのかというところまでは考えがおよばぬらしく、あいかわらず怪訝そうな表情を浮かべている。

「負けた二家も、それなりの遣り手。それがそろって、これまでより高い額を出してきたことが引っかかるというわけですな」

野田が助け舟を出すと、若侍が、ああなるほど、とひとごとのように発して手を打った。

五郎兵衛は苦笑を洩らしたが、つぎの瞬間、おのれの眉間がきつく歪んだのが分かる。

――ご家老……。

縁側で光を浴びた恰幅のよい姿が眼裏によみがえる。通りかかったふうではあったが、入れ札をおこなっていることは、むろん承知していただろう。たまさかとは考えにくい。べつの話といえばそれまでだが、先日の件も気にかかっていた。神宮寺藩の世子・亀千代ぎみが行方不明になったおり大久保に告げられたことが、ひと月経ったいまでも、なにかの拍子によみがえってくる。

――むりに見つけずともよいぞ。

江戸家老はそういったのだった。さすがに入れ札とつながりなどあるまいが、胸の奥に抜けきらぬ棘のごときものが残っている。

「御納戸まわりとは、何かと厄介なものですな」

いかにも手に余ると言いたげな口ぶりで、安西がひとりごちる。野田が慌てた様子でこらこらとたしなめたが、いつも通り意に介するふうもない。

御納戸方はさまざまな出入り商人とかかわるから、それなりの周期でよからぬ付き合いが発覚するのは、神宮寺藩にかぎらなかった。二年まえから頭の地位にある森井は、留守居役の岩本甚内が推挙してお役に就いた人物だが、廉潔《れんけつ》との評判が高く、袖の下を贈ろうとした小商人を出入り差し止めにしたことさえあると聞く。ありがちな黒い噂も近ごろは耳にしなくなっていた。

もっとも、野田が憚《はばか》ったのは、そういう類とは別の話である。が、わざわざ知らぬ者に教えるようなことでもない。五郎兵衛はやるせなげな吐息を嚙み殺すと、あらためてふたりに向き直った。

「勘に頼るなとは亡き父の申しようじゃが、どうも気にかかる……。金がからむ話は、火がまわると取り返しがつかぬゆえ」おのれへ言い聞かせるように声を高める。「まこと小火《ぼや》かどうかだけでも、たしかめておくとしよう」

三

屋敷へ戻ってきたころには、とうに日が落ちている。すこし前まで肌寒かった頃合いだが、胸に入ってくる大気は生ぬるいほどで、あたりへ広がる闇にも若芽の匂いがふくまれていた。玄関さきに人影はうかがえなかったが、三和土に立ったところで、

「お帰りなさいませ」

奥から長女の七緒が姿を見せる。上がり框に膝をつき、袖を差し出してきた。

「澪はどうした」

大小を渡しながら聞くと、めずらしく含み笑いをもらして居間のほうへ視線を流す。覗いてみると、姉よりも丈のある軀が童のごとく無邪気な横顔を見せて寝入っていた。七緒がかけたらしい薄物をかぶっているから、まとっているものまでは分からぬが、髪は若衆のようにまとめたままである。おそらく、道場から帰ったきり着替えもしていないのだろう。

「四半刻だけと申しましたので、そのままにしておりますが」

すでに一刻近く寝入っているという。

「行儀のわるいやつだ」

いってはみたものの、端から見ても驚くほど熱心に稽古しているのだから無理もない。風邪を引くような気候でもないから、放っておくことにした。

自室で着替えをすませて廊下へ出ると、視界に七緒の姿がないのをたしかめ、仏間に入る。そこまで気にすることもないとは思うが、どこか憚る心もちが拭えなかった。仏壇をひらくと、正座して鈴《りん》を鳴らす。先祖代々や亡妻の千代を祀った手前に、あたらしい位牌がひとつ置かれていた。手を合わせ、しばらく瞑目する。

瞼をあけると、鈴の横に二輪草を生けた花瓶が据えられていた。先ほども目には入ったはずだが、心もちが波立っていて見過ごしたのだろう。どこからか風でも忍び入ってくるのか、白い花びらがかすかに揺れていた。

毎日のように手を合わせてはいるが、帰るなりそうしたのは、御納戸方のことが頭に引っかかりを残したせいである。あの男のことを思い起こさずにはいられなかった。

河瀬《かわせ》新之丞《しんのじょう》というのがその名で、七緒の夫だった。三年まえ、御納戸づとめだった先方から是非にと望まれて嫁にいったのである。婿をとって家を継がせるつもりだったから当然ことわったが、茶の稽古に出向く姿を見初めたとかで、新之丞じしんが何度もこの屋敷に足をはこんで請うた。最初は戸惑っていた七緒だが、そのうち心もちが動いたと分かったから、五郎兵衛も突っぱね切れなくなってくる。

まだあどけなさを残していた澪までが、

「家なら、わたくしが婿をとって継ぎますするゆえ」

などと姉の嫁入りを後押しした。考えあぐねて亡妻の妹である咲乃に相談したところ、

「そこまで望まれてとなれば、行かせてやりたいものでございますなあ」

控えめながらしみじみと言いだされ、しだいに外堀が埋められていく。けっきょく親類の次男に冷や飯を食っているのがいたから、あれでも養子にもらうかと肚を据えて娘を送りだしたのだった。

釣った途端に掌をかえす輩が多いから危ぶむ気もちもあったが、新之丞は違っていたらしい。ときどき実家へ顔を出す娘のようすを見れば、それくらいはすぐに分かる。なかなか子が授からぬのをのぞけば、つましくも不足のない生活《たつき》を送っているようだった。が、ちょうど一年経つころ、御納戸方で大きな収賄の疑われる騒ぎが起こった。こともあろうに、出入り商人から袖の下を取っているとされたのが河瀬新之丞で、当人はきっぱり否《いな》んだが、証《あか》しの品もあがっていて、しだいに追い詰められてゆくこととなる。とうとうある夜、潔白を訴える書状をのこして自裁したのだった。

悲劇というほかないが、その直後、袖の下を取っていたのは同輩だったと判明した。証しまで捏造して罪を新之丞に被せようとしたのである。ひとしきり処断がおこなわれ、森井惣右衛門が御納戸頭に任じられたのは、その後だった。長い付き合いの野田はむろ

ん事情を心得ているが、安西は当時家督前の身だったから、くわしく知るわけもない。

新之丞の無実は明らかになったが、もう遅かった。河瀬の家は弟が継いでいる。子もいなかったから七緒は里村へもどってきたが、甲斐甲斐しくはたらいてはいるものの、面ざしにはいつもどこかしら憂いの色がまぶされ、時おり見せる笑みにも儚《はかな》さがふくまれていた。

哀しみというは時に人をうつくしくするものらしく、皮肉なことに、帰ってきてからの七緒は親から見ても﨟《ろう》たけたというほかない。伏し目がちな瞳は潤みをおび、小ぶりながらわずかに厚い唇は紅もいらぬほど赤かった。縁談もひっきりなしに持ち込まれ、最初のうちはそれもよかろうかと取り次いでいたが、当人にまったくその気がないので、近ごろは端からことわっている。このままでいいとは考えていないが、よい思案もないというのが正直なところだった。

思いあぐねているうち、すっかり空腹となっていた。仏間を出るまえに今いちど鈴を鳴らし、亡妻の位牌に頭を下げる。娘たちを見守ってくれと、胸のうちで幾度も語りかけた。

四

「いえ、あるじも病んだ姿をお見せするのは心苦しいかぎり。かさねて申し上げることとて、あろうはずもございませぬ」

四十がらみのよく肥えた番頭は、そこまでいってかたちだけの笑みをたたえた。よく見ると、居心地悪げに尻のあたりをもぞもぞさせている。物腰は丁重ながら、話すことはないと言いたげな空気があからさまに漂っていた。

午後の日が座敷に流れこみ、雲雀《ひばり》とおぼしき囀りが耳朶《じだ》をそよがせる。池田屋《いけだ》という商家の客間だった。これまで御用をつとめていたお店《たな》だが、あるじ仁右衛門《にえもん》の病で商いを小さくすることとなり、先日の入れ札が催されたのである。これまでの掛かりが洩れたとすれば、この店からという線も考えぬわけにはいかない。安西主税とふたり、近くまで来た体で訪れてみたのだった。お役に就いて日の浅い安西は「預《あずかり》」と称する立場だが、ようは見習である。こうした折はなにかと連れ出されるのが常で、いわば何でも屋のなかの何でも屋といえた。

勝った大和屋はひとまず措《お》いて、あとの二家は、偽りの額をつかまされたのだと五郎兵衛は見ている。たとえば、いままでの掛かりは二百三十両あたりと知らされ、そこから下げたつもりで、それぞれ二百二十だの二十五だのという額を出したのではないか。

が、いちおう探りを入れてはみたものの、むろん陰であれこれを明かすはずもない。

もっとも、それは池田屋とておなじで、

「ながなが世話になったの」

まずかるく挨拶したうえ、

「ところであるじの具合は——」

本題に入ろうとしたところ、いきなりはぐらかされたのだった。あわよくば病で臥せっているという当主にも出てきてもらうつもりだったが、そんな気は毛頭ないらしい。隣に腰を下ろした安西は呆れ顔を浮かべているが、番頭は動じる風もない。家老や留守居役ならともかく、何でも屋があらわれた程度でうろたえていては、大店の切り盛りなど務まらぬのだろう。

「ま、折あれば、また」

見込みはないと早々に判断し、かたちだけの雑談をして腰をあげた。番頭が、あ、と呼び止めてさりげなく紙包みを差しだしたが、

「いやまあ、今日のところは」

などといいなして立ち去る。見送られて通りに出たところで、安西が首をひねった。

「なんでございますか、先ほどの包みは」

五郎兵衛は、くすりと笑みをこぼす。相手の面を見やって、

「まずは一両というところかの」

いたずらっぽい声音でいった。若侍が目を丸くしてつづける。

「つまり……」

いくぶん大仰に顎を引く。蒼い空を区切ってつらなる商家の軒先を、燕がひといきに擦りぬけていった。

「賄賂《まいない》というやつじゃ」

えっ、と口ごもった安西が、一拍おいていぶかしげな声をあげる。

「もろうておかなくて、よろしかったので」

意表を突かれ、おもわず吹き出してしまった。

「そなたがおったゆえな」

軽口のつもりでいってみたが、やけに得心した体でうなずいている。無粋も極まれりというほかないが、冗談じゃ、と念を押しておいた。

かぐわしい春の気配をはらんだ風が、日本橋の大通りを吹き過ぎてゆく。大店のあるじらしき者がゆったり歩くかたわらを、職人たちが忙《せわ》しげに駆けていった。煮売り屋の店先からただよう蒸《ふ》かし餅の香りが荷車のあげる土埃《つちぼこり》と絡み合い、妙な具合に鼻をくすぐる。若侍と肩を並べて進みながら、ぽつりとつぶやいた。

「賄賂のすべてがわるいとは限らぬ」

「さようですか」

安西がいくらか驚いた風情でこちらを仰ぐ。五郎兵衛は、前を向いたまま応えた。

「贈る側からすれば、安堵が買える。それで物事がつゝっと運ぶ場合もあろう」

じゃがな、と続ける。「たいていはずぶずぶ嵌《はま》って、浮きあがれぬ。下手をすれば、いのちに関わる」

若侍の瞳が、はっと見開かれる。おそらくあの後、隠居した父にでも尋ねて、河瀬新之丞の件を知ったのだろう。が、声に出そうとはしなかった。五郎兵衛も世間話めかした口調で告げる。
「ほどほどというのは、いちばんむずかしい……わしも、そこまでおのれを信じておらぬゆえな」

さして伝わったとも思えぬが、安西が眼差しを逸らして黙りこむ。五郎兵衛も、それ以上話すつもりはなかった。潔白を証すのに自裁というやり方を選んだ新之丞に哀れを覚える反面、短慮と憤る心もちもいまだ捨てられずにいる。

藩邸のある本郷までは、半刻ほどの道のりである。千代田のお城を左手に見ながら、ゆるりと歩をはこんだ。天守は百年もまえに大火で焼けたきり再建されていないが、遠く望む松の繁みを透かし、三の丸とおぼしき甍《いらか》がまばゆい日差しに照り映えている。

帰りついたときには日も傾き、暮れ方の気色が漂いはじめていた。詰所へ戻るべく廊下を進んでいると、向こうから俯きかげんに歩いてくる男と出くわす。もともと血色がいいとはいえぬ面ざしが薄闇に沈んで見えた。
「橋崎どの」
呼びとめると、相手がぴくりと肩をすくめる。一拍おいて、困ったような笑みだけを返してきた。

亀千代ぎみの側仕え、橋崎泰之進である。先月、若ぎみが失踪したとき、ともに不忍池周辺を探し回ったのだった。

「その後、若ぎみは……」

ここぞとばかりに問うた。少年の身を案じてはいたが、用もないのに対面を乞うわけにもいかぬ。警護の者は増やしたし、なにも聞こえて来ないのは無事な証しと心得ているが、やはり気にかかっていた。

「とくだんのお変わりもなく、すこやかにお過ごしでござる」

応えながら、どこか迷惑げな色が相手の瞳をよぎる。あの騒ぎは忘れたいというのが本音なのだろう。無理もない。下手をすれば、この男も腹を切っていたかもしれぬのだった。

もう少し話を聞きたいとは思ったが、橋崎は気まずげな表情を隠さぬまま、そそくさと離れていく。相手の姿が廊下を折れると、安西が口を尖らせてきた。

「いまの方は、何やらわれらを軽んじておられませぬか」

いつも飄々としたこの若者にはめずらしく、拗《す》ねた童のような体で、かたわらの障子にぐいと拳を押しつける。五郎兵衛は、こらこらといって、苦笑を洩らした。

「破れたら修繕の手配をせねばならぬ。仕事を増やすな」

「……申し訳ござりませぬ」

不満げな色を呑みこんで、安西がこうべを下げる。きれいに剃られた月代《さかやき》へ向けてことばをかけた。

「亡くなった父が申しておったが」

「はい――」

若侍が少し気を取り直したようすで顔をあげる。話を続けようとしたとき、

「里村どの」

角を曲がって近づいてきたのは、御納戸頭の森井惣右衛門だった。面ざしに一見して分かるほどの困惑が滲んでいる。

「いかがなされた」

おぼえず声をひそめて問うと、

「それが」森井が面を伏せてささやく。「入れ札をやり直せと、大久保さまが」

五

縁側をすすんで目指す障子戸が視界に入ったところで、柱の陰から長身の侍が姿をあらわす。待っていたとでも言いたげな風情だった。

「ご家老はお会いになりませぬ」

こちらが口をひらくより先に、大久保の側近・波岡喜四郎が抑揚のない声音で告げる。

五郎兵衛は舌打ちを呑みこみ、つとめて口調が波立たぬよう気を配りながらいった。

「なにゆえでござろう」

「ご多用中につき」

素っ気ないとはこういうことか、というふうな応えがもどってくる。さすがに返すことばが刺々《とげとげ》しくなった。

「入れ札をやり直すよう仰せとうかがったが」

波岡がおもむろにうなずく。

「里村どのが来られたら、お伝えするよう申し付かったことがございます」かわらず平坦な口ぶりでつづけた。「不審が見えることは、その方とて気づいておるはず、とのおことばにて」

「……………」

入れ札の当日、様子をうかがいに来たとおぼしき家老の姿が脳裡に浮かんだ。返事に詰まり、つと目を逸らす。夕暮れが濃さを増してきたらしく、庭の植え込みが、いちめん朱の色に塗られていた。まばゆさに細めた瞳を、いまいちど波岡に向ける。相手の顔も横ざまに夕日を浴び、燃え立つように輝いていた。見守るうち、薄い唇がゆっくりと開く。

「御納戸頭とも相談のうえ、仕切り直すがよろしいかと存ずる」

「……ひとまず、持ちかえらせていただく」

重い声でつぶやき低頭する。面をあげた拍子に、咲き乱れる躑躅の香りがひときわ濃く鼻を突いた。

「僭越《せんえつ》ながら、ひとこと申し上げておきますが」波岡が心もちのうかがいにくい顔を寄せてくる。

「なにごとでござろう」

いささかうんざりした響きが声にまじったが、相手は冷然とした面もちを崩そうともしない。

「ひとの口と申すは当てにならぬものでござる」

それだけいうと、問い返す間もなく踵《きびす》をかえす。そのまま遠ざかり、控えの間とおぼしき障子の向こうに消えた。追いかけて訊《ただ》そうかとも思ったが、どのみち言いたいことしか口にはすまいと分かっている。

――ようも次から次へと面倒の種が舞い込むもの。

吐息をつくと、庭のほうへ眼差しを向ける。とうに散った桜の梢《こずえ》が夕日に焙《あぶ》られ、濃い影を地に落としていた。

六

「ご足労いただき、恐れ入ります」安西主税がいった。もっとも、ことばの割にはさほど恐縮した体も見せておらず、呑気に団子など頬張っている。

茶店の入り口に張られた葭簀《よしず》を通して、やわらかな日が差し入ってくる。五郎兵衛は若侍とならんで床几《しょうぎ》に腰を下ろし、眼前の通りを見渡していた。斜向《はすむ》かいでは黒光りする山門が濡れたようなかがやきを放ち、かるくまわりを眺めただけで、似たようなたたずまいがいくつも見受けられる。谷中《やなか》は寺の多いあたりだからふしぎはないが、それにしてもと感じずにはいられなかった。

東から西へ向かってゆるやかに下る三崎坂《さんさきざか》をはさみ、寺の周囲に茶店や土産物屋が軒をつらねている。いまはそれほど人通りもないが、店のものたちは手持ちぶさたな風情を隠そうともせず、客引きに余念がなかった。寺参りらしき者に値踏みするふうな視線を送ったり、どうぞお寄りなさいましなどと盛大に声をかけたりしている。

茶店の娘があたらしい皿をはこんでくる。ことりと音をさせて置くと、団子につけた生醤油《きじょうゆ》の匂いが鼻先にただよった。若侍がうまそうに食べているので、五郎兵衛もつい手がのびる。あっという間にひと串平らげ、ゆっくり茶を啜った。

「大和屋が来たのは間違いないのだな」

「はい、あの路地の奥へ」

いいながら、五間くらい先にある脇道を指さした。寺と寺にはさまれた細い筋で、向かって右がわに目立つほど大きな楠《くすのき》がそびえている。寺院の隅に植わっているものらしかった。幹は大人が二、三人手をのばしてようやく囲めるほど太く、天をさえぎるように黒々とした葉叢《はむら》を茂らせている。

――なにゆえ、かようなところに……。

大久保家老の言いなりになるのは気がすすまぬものの、否やをいえる立場ではない。

手続きに遺漏《いろう》ありと称して、近日中に再度の入れ札をおこなう旨、諸家に触れさせた。が、彼《か》の御仁の意図が分からなかったし、波岡の言も謎めいている。いちど競り勝った側としてはたやすく収まらぬだろうから、何か動きがあるかもしれぬと考え、大和屋に安西を張りつけておいたのだった。

お役目とは関わりないなどといって嫌がられるかと思ったが、ぞんがい乗り気なのは不思議だった。若者のことだから、障子の貼り替えや塀の修繕よりは面白く感じるのかもしれない。

とはいえ数日経っても動きがなく、入れ札の日も近づいている。あきらめて、そろそろ引き上げさせようかと思ったところで、安西からつなぎがあった。大和屋のあるじがにわかに店を出て谷中へ向かったという。行き先を見極めたところで茶店の者に駄賃をつかませ、五郎兵衛に報《しら》せてきたのだった。

「ともあれ、行ってみるとしよう」

茶を呑み干して立ち上がると、安西が残ったひと串をあわてて口に入れる。いっぱいに頰を膨らませるものだから、茶店の娘が吹き出しそうになるのを懸命にこらえていた。

路地の入り口に近づくと、やはり例の楠が伸《の》しかかるように枝を差し出している。ふたつの寺院にはさまれた小路は昼下がりにあってもほの暗く、奥までは見通せなかった。

「なにやら、いきなり斬りつけてこられそうですな……」

安西が心もとなげにいったのは、ひと月前、不忍池で頭巾の侍に襲われたことが頭をよぎったのだろう。五郎兵衛はひとあし踏み込みながら、おどけるように笑った。

「そのときは、また頼む」

若者が苦笑して後につづく。あの折は、安西自身の意外な剣技にすくわれたのだった。

左右に塀が伸びるなかを、そろそろと進んでゆく。境内に植えられた小高い樫や松が頭上を覆い、どこかしら冷え冷えとしたものさえ漂ってくるようだった。

百歩ほど進んだかどうかという頃合いで、わずかに視界がひらける。突き当たりのところに、茅葺《かやぶ》きの建物がのぞいていた。まわりを竹垣に囲まれており、小体《こてい》な農家のように見える。が、それにしては、やけに小ぎれいな風情でもあった。あるいは隠居所のごときものかもしれぬ。

ふたりして、足音を忍ばせ近づいてゆく。道はしだいに細くなり、行き止まりかと思ったが、そのまま向こうへ通じているらしい。思い切って、建物のそばを通ってみることにした。

竹垣のうちには小さな庭がしつらえてあり、よく手入れされた植え込みのかたわらで、花蘇芳《はなずおう》の木が空を指して伸びている。赤紫の花弁を透かして木漏れ日があふれ、地に降りそそぐ影にもその色が含まれているようだった。

窓も障子戸も閉まっているため屋内の様子はうかがえないが、時おりひとが動く気配にまじって、固いものの触れあうような響きが耳を打つ。皿や小鉢といった陶器の立てる音ではないかと思われた。

――料亭か。

と見当をつける。立ち寄ったことはないが、このあたりには、隠れ家めかした店がいくつかあると聞いた覚えがあった。あるいは、そうしたなかの一軒かもしれぬ。

道幅はさらに細さを加え、向こうから誰か来れば、擦れちがうこともむずかしいほどになっている。そろそろ引き返したほうがよさそうだと思ったとき、玄関口のあたりで音が立った。あわてて竹垣に寄り、これ以上ないというくらい身を低くする。ちょうど、くだんの花蘇芳が目隠しとなる位置だった。振り向くと、すでに安西もおなじような姿勢を取っている。やる気はともかく、勘はわるくないらしい。

わずかな間を置き、またどうぞごゆるりと、などと呼びかける年増女の声が聞こえてくる。訪れた客を送り出している風情だった。ことばの端々に貫禄めいたものを感じるから、この家の女将《おかみ》といったところだろう。

「ああ、そういえば」

女のやわらかな声音が耳に届く。「庭の花蘇芳がちょうど見ごろでございますよ」

おもわず肩が強張った。ふたりが身を寄せる竹垣のすぐそばに、その花蘇芳が枝をひろげている。近くまで来れば、五郎兵衛たちは丸見えとなるはずだった。むろん差しさわりのある相手かどうかも分からぬが、蹲《うずくま》る侍ふたり、ここで見つかるのはあからさまに不審というものである。

「もうそういう時分でしたか」

いくらか年かさと思われる男が、それに応える。心なしか、声に聞き覚えがあるようだった。顔を合わせる機会はそれほどなかったが、おそらく大和屋のあるじだろう。だとすれば、ますますここで見つかるわけにはいかぬ。

「ご覧になっていかれますか」

女が愛想よくすすめた。よけいなことを言うなと叱りつけたくなるが、できようはずもない。背後でぶつぶつと零《こぼ》れる声は安西のものらしく、よく聞くと桑原《くわばら》桑原とささやいているのだった。

ふむ、と男が苦笑めいたものを洩らす。

「もとより無粋なたちでしてな。花より何とかという奴で」

まあ、紫陽花《あじさい》が咲いたときには見せてもらいましょうか、と言いおいて草履《ぞうり》を踏みだす音が響く。

戸が閉まるまでしばらくかかったのは、帰っていく客を見送っていたためだろう。やがて、玄関口からひとの気配が消えた。

ようやく吐息をつくと、首すじや喉もとにしとどな汗の滴が浮かんでいる。安西もすっかり力の抜けた面もちとなっていた。目を見交わし、どちらからともなく立ち上がろうとする。

そのとき、今いちど玄関口にひとの声が起こり、いそいで腰を下ろす。どうも今日は、しゃがみこんでばかりいると思った。

やはり先ほどの女が客らしき相手を送り出している。また花蘇芳をすすめられたら厄介だが、おなじことをいうのも芸がないと思ったのか、さほどなじみがない相手なのか、そうはしなかった。丁重ながら、通りいっぺんの挨拶を述べただけである。

相手もひとことふたことと応えたくらいで、それ以上話をつづける様子はなかった。足早に路地を踏みしめる音が遠ざかってゆく。やがて、玄関の戸がゆっくりと閉ざされた。おもむろに振り向き、安西の面をうかがう。たしかめるまでもなく、おのれと同じ、隠しようのない驚愕が若者の顔に浮かんでいた。

七

春とも思えぬほどつよい日ざしが、しらじらと濡れ縁を染めている。冬場は座敷の奥まで光が差しこんでいたが、だいぶ日の高い季節になってきたらしい。

膝をそろえて座についたのは、前回入れ札にくわわった商家のあるじたちだった。番頭ではならぬと触れたわけではないが、ただごとではないと察して出張ってきたのだろう。おわったはずの入れ札をやり直すと告げられたのだから、無理もなかった。いずれの顔にも不審げな色が浮かんでいるが、先に勝ちを得た大和屋利兵衛《りへえ》の面には、人一倍はっきりした困惑と憤懣の色が塗られている。それが癖なのか、白髪まじりの鬢《びん》を撫でながら、特徴ある団子鼻をひくひくと動かしていた。

戸惑っているのは、商人にかぎらない。御納戸頭の森井惣右衛門も、やはり五郎兵衛の横で吐息をこぼしていた。大久保家老の横車に心身を擦り減らしているのかもしれぬ。

「皆さま揃われたようでございますが」

大和屋が催促するような口調でいった。やはり、先日谷中で聞いた声に相違ない。ほかの二人も同意というふうに顎を引いた。日ごろは牽制《けんせい》し合っている商売仇《しょうばいがたき》だろうが、こんなときだけは歩調を合わせるらしい。

森井が合図をすると、次の間へ通じる襖がひらいて下役があらわれる。長門屋、来ませいと呼ばわり、立ち上がった相手を招じ入れた。長門屋のあるじは、奥の文机に向かって腰を据え、用意された紙に筆を走らせる。襖は開け放ったままで、五郎兵衛たちのいる座敷からは、背中だけが見える格好となっていた。

書き終えて戻ってくると、折りたたんだ紙片が桐箱に入れられる。つづいて一人ずつ、おなじことを繰りかえした。大和屋は最後だったが、落ちつかなげな表情が隠しようもなく面を覆っている。他の二家はあわよくばと攻める立場だが、こちらは勝ち取った看板を守り切るかどうかの瀬戸際である。顔の二つや三つは強張ろうというものだった。

あらためて一同が膝をそろえると、座敷にしんとした空気がひろがる。庭のどこかから、頬白《ほおじろ》らしき啼《な》き声が耳をかすめて通りすぎていった。

「では……」

森井が重々しい口調で発する。商人たちも、こころもち上体を乗りだした。

下役が桐箱を取り、逆さにしようとしたところへ、

「まことご無礼とは存じますが――」

縁先からにわかに声が飛びこむ。

座敷中の目がそちらへ吸い寄せられたが、怪訝そうに首をひねる者もいれば、はっと面をあげる者もいる。五郎兵衛は、そのどちらでもなかった。新来の客に顔を向け、こちらへ来るよううながす。

小腰をかがめながら座敷に入ってきたのは、六十すぎとおぼしき町人だった。いくぶんやつれ気味ではあるものの、白髪をきれいに結い、小ざっぱりとした袷をまとっている。

「……池田屋さん」

大和屋利兵衛が呆然とした表情でいった。呼ばれた相手は丁寧なしぐさで頭を下げると、ゆったりと腰を下ろす。商人たちのあいだにざわめきが起こり、食い入るような視線が白髪の町人にあつまった。

先日は体よく追い払われたが、神宮寺藩の器物取扱いをつとめる池田屋仁右衛門である。つまり、この老人が御用の看板を返上すると申し出たところから、こたびの入れ札がはじまったのだった。五郎兵衛は一座を見渡すと、なにげない口ぶりで告げる。

「病もいくらか良うなったようでな……いましばらくは御用をつとめられぬでもないと申す」

居並ぶ商人たちのなかから、そんな、という声が一斉にあがる。五郎兵衛は留めるように右の手をあげた。

「むろん、ここまでのさまざま、なかったことにとはいわぬ。が、長年の御用に免じ、池田屋にも入れ札に加わってもらおうと思うての」

「里村どの」

かたわらで、がさっという音が起こった。顔を向けると、森井惣右衛門が膝をすすめてこちらへ詰め寄ってくる。ふだん穏やかな面もちが、はじめて見るような険しい色に染まっていた。

「御納戸頭はそれがし。失礼ながらお控えいただこう」

五郎兵衛は紅潮した森井の頰を見やり、声もなく唇を動かす。いぶかしげに目をほそめた御納戸頭にむかって、いま一度、大きく繰りかえした。

次の瞬間、森井の目が見開かれ、怒らせていた肩が落ちる。そのあいだに五郎兵衛が目くばせすると、下役がうろたえ声ながら池田屋、来ませいと宣した。老人はおもむろに立ち上がり、ひと足ずつ次の間へすすんでゆく。

息を詰めて皆が見守るうち、痩せた背中が次の間の文机に向かい、さらさらと筆を走らせた。足に力がもどってきたのか、下役の手も借りず、ゆるゆるとながら一人で座敷に帰ってくる。一礼して、畳んだ紙片を桐箱に入れた。

うながすまでもなく進み出た下役が、おそるおそるという風情で桐箱を逆さにする。

こすれるような音をたてて、四つの紙片が畳の上に転がった。思わぬ成りゆきに下役も動転しているのだろう、そちらへ伸ばした指さきが、こぼれるような光のなかではっきりと震えている。

折り重なった紙片のなかからひとつを取りあげると、下役は五郎兵衛と森井を交互にうかがい見た。御納戸頭は面を伏せたまま、応えようとせぬ。五郎兵衛は、かわりにゆっくりとうなずいてみせた。

静けさに浸された座敷のなかで、紙を開ける乾いた響きだけが耳に刺さる。下役が唾を呑む音まで聞こえてくるようだった。

「大和屋――」うわずった声で読みあげる。「百九十両」

先だっての額より五両下げている。どうでも獲る気だな、と五郎兵衛は思った。

八

「いろいろと手数をかけたようだな」

低頭して面をあげると、すでに留守居役の岩本甚内がこちらへ向き直っている。呼ばれて室内へ入ったときは、五郎兵衛のほうに背を見せ、文机で書き物をしていたのだった。痩せぎすともいえる軀つきだが、不似合いなほど大きな鷲鼻を不機嫌そうに掻いている。

岩本は大久保家老と同年配である。軽輩から抜擢された出頭人で、諸藩との交際がその任だった。幕閣の動向から他家の内情までもろもろの趨勢《すうせい》を握っているから、家老に劣らぬ力を持っている。

それでいて、岩本がおもに用いているのは十二畳ほどのひと間にすぎぬ。部屋の大小などには関心がないのだろう。背後の窓は閉めているが、若葉の匂いがはっきりとただよっている。側仕えくらいは控えているはずと思っていたが、いまは留守居役そのひとだけが、こちらに眼差しをそそいでいた。

「――滅相もないことでございます」

ひとことずつ区切るように発したが、おのれが呼ばれたわけは分からぬままである。

再度の入れ札により、御用商人は池田屋に決まった。もとの鞘に納まったわけだから、大和屋はじめ入れ札にくわわった諸家は、いい面の皮というところだろう。

「で、何両だったかの」

前置きもなく声がこぼれる。とっさには聞き取れぬほど掠《かす》れていたが、鬢のあたりを冷たいものがかすめてゆくようだった。心もちの在処《ありか》をうかがわせぬ蒼白い顔が、ただよいはじめた夕映えの色にうっすらと染まっている。

「百八十両でございまする」

間をおかず応えた。むろん、池田屋が投じた額を尋ねたのだと分かっている。岩本はわずかに眉を寄せ、ゆらゆらとこうべを振ってみせた。

「それでは儲けが出まい」

「さにあらず」

おのれの頬が苦く歪むのが分かる。が、その面もちを隠すことなく言い放った。

「賄賂の分がなくなれば、かえって実入りが増えまする」

なるほど、とつぶやいて留守居役が失笑を洩らす。ひと付き合いが役目だけあって、金の勘定はとりわけ速いらしい。

谷中の隠れ料亭で大和屋のあるじと会っていたのは、御納戸頭の森井惣右衛門だった。ここしばらく頻繁に顔を突き合わせていたから、女将と交わす声をひとことふたこと聞いただけですぐに分かったのである。入れ札の場で異をとなえる森井に告げたのは、

「谷中」

という、ごく短い地名にすぎなかったが、それで充分だったらしい。大和屋とは、再度の入れ札に記す額でも相談していたのだろう。

良吏として知られる男だけに五郎兵衛自身信じられなかったが、調べてみると意想外の事実に突き当たった。筆や紙など値の安い品をおさめる商人からは、いっさい金品を受け取らず、ときに厳しく処断することさえあったが、いくつかの大店とは抜き差しならぬ間柄だったらしい。清廉との評がさだまっていたので、誰も怪しもうとしなかった。

池田屋の病は単なるきっかけで、商売ができぬほど重いわけではなかった。だいいち、もしそれほど重篤なら、息子にでも跡を譲るものだろう。そこを見逃していたのは、迂

闊というほかない。

看板を返上しようとしたのは、森井への賄賂が重荷になったからである。御納戸頭についてからの二年で、百両あまりを献上させられていたらしい。これがなくなるだけで実入りが増えるというのも、決して誇張ではなかった。あの後ひそかにその勘定を示し、あらためて入れ札にくわわるよう五郎兵衛が慫慂《しょうよう》したのである。

森井はつぎの蔓とさだめた大和屋に今までの費えを明かし、ほかの二家にはわざと高い額を流した。そのからくりを察したところで、恐れながらと訴え出る商人はまずいない。武家を相手取って騒ぎを起こしても、ろくなことにはならないのだった。仮に訴えが入れられたとして、いちど侍に刃向かった商家と付き合う大名などいるはずもない。武士も商人も、皆そこまで分かっているから、この手の話は跡を絶たないのである。

ところで、と岩本がうかがうように片方の目を細める。「なにゆえ、ことを公にしなかった。目付すじに届ける道もあったと思うが」

「……ひとが死ぬのは好みませぬ」

眼差しを伏せてつぶやく。不慮の最期を遂げた河瀬新之丞の面ざしが、瞼の裏にちらついた。

森井はすでに急な病と称して隠居を願い出ている。差配方は見届けまでが任であり、その後どうするかはご定法《じょうほう》に記されていない。もともと諸士のあいだを円滑ならしめるためのお役だから、あえて含みをもたせたのだろう。五郎兵衛としては、返せるものを返した上で役を辞してくれれば、それで充分だった。死ぬ者はひとりでも少ないほうがよい。

「なるほど」岩本が幾度か首肯しながらいった。「礼を申さねばならん」

五郎兵衛の喉から、戸惑いの声が零れそうになる。留守居役はにやりと笑ってつづけた。

「森井はわしの縁者でな」

つかのま驚いたものの、すぐに思いだした。役目から、家中のつながりは頭に入っている。岩本と森井は祖母がいとこ同士という薄い血縁だったはずだが、縁者ということばに嘘はなかった。

「御納戸役に推したのもわしだが、存外たわけものだったらしい。ま、金のあつまるお役がひとを腐らせるのかもしれんが」

岩本は細い首をいまいましげに震わせた。「が、ともあれ、里村のおかげで命をひろったわけだ。推挙したわしも評判を落とさずにすむ」

「…………」

「お返しといってはなんだが、ひとつ教えてやろう」

「は――」

居住まいを正しながら首をひねる。なにを言われるのか、まるで見当がつかなかった。

「そなたの慧眼にけちをつける気はないが」留守居役は小さな唇を皮肉げに歪めた。

「こたびは踊らされたな」

話の筋みちが分からぬまま、背中のあたりにねっとりと重い汗が吹きだす。岩本はすこし呆れたような風情で溜め息をこぼした。

「大久保どのよ」

呻き声が洩れるのを押さえられなかった。分かったようじゃな、と留守居役が乾いた声で告げる。

大久保重右衛門と岩本甚内は、神宮寺藩邸を二分する実力者である。江戸家老が頂点ということになってはいるが、諸家とのあいだに深い紐帯《ちゅうたい》をもつ岩本の勢力とは拮抗していた。いきおい藩邸の士もいずれかの傘下に集まりがちで、ふたりの間には、しぜん剣呑な空気が漂っている。表立たぬまでも、事あらば相手を引きずりおろそうとしていることは誰もが知っていた。

「では、入れ札のやり直しも……」

重い声を押しだすと、岩本が喉の奥で舌打ちを響かせた。

「あの御仁は犬のように鼻が利く。そなたが動いて、なにか焙りだすと思ったのだろう」

じぶんでやらぬところが小面憎いの、といって懐から取りだした扇子でかるく膝を叩く。心中にかかえる苛立ちを、そうやって吐きだしているらしい。

「おかげで黒星となったわ」

あやまるのも妙だから黙っていたが、責められているわけでもないようだった。

眠たげに細められた江戸家老の眼差しが脳裡に浮かぶ。ひとの口云々という波岡の言は、良吏といわれる森井の裏面を指したものなのだろう。岩本のことば通りなら、業腹《ごうはら》なのはこちらもかわらない。

いつの間にか夕暮れが忍び寄ってきたらしく、障子戸が輝くような茜《あかね》色に塗られていた。岩本はしばらくそのまま黙りこんでいたが、やがて、

「まあ、それはいい」

という声を皺ばんだ唇から洩らす。ふしぎなほど優しげな響きだった。が、つづけて発せられたことばは、おそろしく冷たい匂いを帯びている。

「で、里村はどちらにつくか」

「は――」

とっさに声を呑んで、目のまえに坐す男を見つめた。痩せた顔の下に鵜《う》のごとく長い首が伸びている。いっけん大店のあるじとも見える風貌だが、芯にけわしいものが感じられた。

言い淀みそうになりながら、かろうじて、かぶりを振る。

「つくとかつかぬとか、さようなつもりは毛頭」

「ない、と」

岩本が苦い笑みを口辺に浮かべる。つぎの瞬間、ひどく真摯に聞こえる声を投げてき

た。「是々非々というやつか。いいたいことは分かるが、じきそれでは通じなくなる」

「……」

「何でも屋」

とつぜん岩本がいった。五郎兵衛が眉を寄せると、いなすように笑って語を継ぐ。

「そう呼ばれておるらしいの」

「まあ、そのようでございます」

苦笑まじりにこたえると、岩本が、みな分かっておらぬな、とひとりごつようにつぶやいた。

「殿のご身辺から塀の修繕まで知悉《ちしつ》しておる唯一のお役。世辞をいうつもりはないが、差配方がおらねば当屋敷はまわっていくまい」

「……恐れ入りまする」

背すじをのばし、ふかぶかと腰を折った。そう言われて、わるい気はしない。岩本は猫のようなしぐさで耳たぶをまさぐりながらいった。

「そなたの父もできた男だったが、倅もひけは取らぬらしい」

「いや、なかなかもって」

いささか照れくさくなり、面を伏せぎみにする。と、額のあたりに岩本の声が降りかかった。

「殿もそこを見込んで、大事を託されたのだろう」

呆然となって顔をあげる。留守居役は表情ひとつ変えていなかった。

「それを……」

仰せになってはなりませぬと返したかったが、できなかった。粘つくような汗が掌に滲み出る。岩本も、それ以上ことばをつづけようとはしない。沈黙のなかに、厨まわりで立ち働く者たちの交わす声が響いてきた。

「――わしのところに来るなら、重く用いよう」

考えておけ、といって留守居役が文机の上にあった湯呑みを取る。口もとへはこび、音を立てて茶を啜った。湯呑みを置くと、話はすんだとばかりに背を見せる。なにか書き物をはじめたらしく、静まり返った室内で筆の走る音だけがはっきりと耳を刺した。

五郎兵衛は一礼して膝を起こし、燃えるような色に染まった障子戸をひらく。去りぎわに振りかえったが、岩本はうすい背を見せたままで、こちらへ目を向ける気配はなかった。

九

正面から差しかかる夕日が驚くほどまばゆい。額のあたりに手をかざさなければ目を開けていられなかった。

詰所を出たものの、足どりは自分でも分かるくらいに重い。なじみの小料理屋にでも行こうかと思ったが、それもどこか億劫《おっくう》だった。

——それにしても、上《うえ》つ方《かた》というやつは……。

大久保重右衛門と岩本甚内の面ざしが、暗がりのなかに浮かび上がる。政《まつりごと》をおこなうものは清廉いっぽうでもいられまいが、そろって胡乱《うろん》が過ぎようと思った。

中庭では、木蓮《もくれん》の樹が濃い紫の花びらをひろげている。鐘のかたちをした花弁が、つよい朱の光を浴びて咲き競っていた。

「——あっ」

ふいに背後で声があがる。振り向く間もなく、袴をまとい、若衆のように髪を結いあげた澪が、小走りで近づいてきた。まぶしさに目を細めながら、父の顔をうかがってくる。

「もうお帰りでございますか」

ああ、と短く応えて顎を引いた。そういう娘は、奥女中たちに小太刀の稽古をつける日だったのだろう。どちらからともなく、並んで歩みはじめた。奥庭の池から聞こえてくるのか、蛙《かわず》の啼き声が耳の奥で谺する。足音がふたつ、その響きと混じり合った。

ややあって、なにか思いだしたふうに澪が眼差しをあげる。

「若ぎみから、父上にお言付けが」

「ほう」

首をかしげながら娘の面を見つめた。白い稽古着は茜色に染まり、やはり額に掌をかざしている。

「時おりは奥にも顔を見せよとの仰せです」

娘としてはやはり嬉しいものらしく、弾むような声で告げた。五郎兵衛はすこし考えてから、おもむろにことばを返す。

「障子でも破れましたなら、ただちに、と申し上げてもらおうか」

澪が赤い唇から笑声をもらす。

「それでは、御みずから破ってしまわれるかと」

「それは困る」こちらも、つられて唇もとがほころんだ。「では、近いうちに必ずと」

承知いたしました、といって澪が行く手に向き直る。昼間のあたたかさはすでに去り、周囲の大気にも藍まじりの色が広がりはじめていた。

しばらくそのまま歩いていたが、杉木立ちの向こうに侍長屋が望めたあたりで、澪の足運びがにぶくなった。ためらいがちに案じるようなつぶやきをこぼす。

「……なにかございましたか」

爪先をとどめて娘の顔を差し覗いた。くろぐろと大きな瞳の奥に、どこか不安げな光が瞬いている。やはり母親に似ているなと思いながら、ことさら穏やかな声音で問うた。

「なにかとは」

澪がいくぶん目を伏せて応える。

「いえ、いつになく、むつかしいお顔をしておられるようでしたので」

「――また七緒の縁談が持ち込まれてな」

じぶんでも不思議なほど、滑らかに嘘が転がり出た。娘がさっと面を明るくする。

「さようですか、こたびはどちらさまで」

「む……どうせ断る話ゆえ、申すわけにはいかぬ。先方にも顔というものがあろう」

それで納得したらしく、澪が急に足どりを速くする。五郎兵衛を追い越し、軽やかに屋敷のほうへ向かった。が、にわかに立ち止まって振りかえる。

「もしもいつか、本当によいお話がございましたら」そこまでいって、少し声を高めた。

「家はわたくしが継ぎますするゆえ」

分かった、と告げ、ゆっくり頷いてみせた。澪がうれしげに微笑んで踵をかえす。そろそろ灯をともす頃合いなのだろう、屋敷の玄関先がほのかに明るむのが、はっきりとうかがえた。

滝夜叉

二

〈登美岡《とみおか》〉と染め抜かれた柿色の暖簾《のれん》をくぐると、すぐに、いらっしゃいませという声がかけられる。顔を出すのは久しぶりだったから、里村五郎兵衛はどことなく、および腰になってしまう。ほかの三人へ隠れるようにして、小上がりに腰を下ろした。

「きょうは皆さまお揃いで」

待つ間もなく、女将みずから徳利を持ってあらわれる。先ほどの声もこの女のものだが、いくらか低めの響きが耳に心地よかった。名は、登勢《とせ》という。三十なかばと聞いた覚えもあるが、齢のつかみにくい顔立ちをしているので、実際のところはよく分からない。どちらかといえば小柄なうえ、くるくるとよく動く大きな瞳のおかげで、少女のように見えることさえあった。

「里村どのは、なにかとお忙しいからな」

山岸久蔵《やまぎしきゅうぞう》が鷹揚にうなずき返す。五郎兵衛と娘の澪が通う道場のあるじだが、齢も近く、若いころからの友垣でもあった。

「みな、何かというと差配方だのみでございますゆえ」

五郎兵衛の向かいに座った若い武士が、精悍な面ざしをゆるめもせずにつぶやく。いやいや、といいなす前に、

「貴公は、どうにも暇そうだが」

横から細面の若侍が茶化すような声をあげた。まあと、登勢が取りなすふうに笑い、それを合図に皆が盃《さかずき》を干す。

すこし甘めの酒が、道場帰りの渇いた喉に滲みとおってゆく。先付けは茹でた蕗《ふき》を鰹《かつお》だしに浸したものだった。肴《さかな》の旨さが評判の店だが、季節に応じて供される先付けは女将みずから料理しており、それを楽しみに通ってくる客も多い。むろん蕗もしっかり灰《あ》汁《く》が抜いてあるから、ほどよい苦みが酒によく合った。箸をすすめるうち、かえって空腹がつのってくる。

「もう何品かお持ちいたしますね」

注文するまでもなく、登勢が心得た体で板場に下がってゆく。そのあいだにも、幾度となく盃が空になった。

山岸とはじめて出会ったのは、おたがい十代のときである。藩邸からもほど近い湯島の道場に五郎兵衛が入門したのだった。久太郎《きゅうたろう》と名のっていた山岸はひょろひょろと背

ばかり高く、先代である父にいつもしごかれていたが、今では恰幅もよくなり、それなりの貫禄も身についている。

若侍ふたりは一年ほどまえから稽古後の酒に加わるようになったもので、おなじ神宮寺藩で馬廻りのお役に就くのが進藤左馬之助《しんどうさまのすけ》、茶々を入れるのが得手の上野彦九郎《うえのひこくろう》は御家の縁戚に当たる藩で勘定方をつとめている。藩邸も隣り合っているから、家中のようなものだった。剣術の腕は勝ったり負けたりで、よくいえば甲乙つけがたく、でなければ団栗《どんぐり》のなんとやらというところだろう。

さほど待つこともなく、女中が鰊《にしん》の煮物を持ってきた。女将は二階の座敷に顔を出しているらしい。女ひとり、池之端でこれだけの小料理屋を切り盛りするのはおおごとだろうが、くわしい素姓を知っている者はいない。旨い酒と肴が出てくるのだから、それでよかった。

鰊を口に入れると、甘辛く煮た汁がじゅっと溢《あふ》れだす。あっさりした蕗とはまるで異なる味わいだが、これはこれで酒が進むからふしぎなものである。久方ぶりに来たが、やはりいい店だなと思った。

気がつくと、山岸が何かいいたげな風情でこちらを見つめている。目が合うと、厚い唇をほころばせ、

「澪どのは、また手があがったな」

世間話のようにしていった。若侍ふたりが、妙に力を入れてうなずいてくる。

さすがにこの店へ連れてくることはないが、今日は次女の澪とともに稽古へおもむいた。娘は毎日のように通っているが、こちらは非番のときだけで、それも必ず行くとは限らない。たまに見るぶん、かえって上達ぶりが分かった。

どうしても小太刀を習いたいと澪が言いだしたのは、二年ほどまえである。武家の女《おな》子《ご》だから、手ほどきくらいは五郎兵衛がしていたが、師匠についてしっかり身につけたいという。どうしたものか迷い、亡妻の妹である咲乃にも相談した結果、旧知の山岸道場なら目も届くし、いいだろうということになった。

むろん女子の門弟は少ないが、澪だけというわけでもない。二、三人はお仲間もいるらしく、そうした楽しみもあって、ますます稽古に身が入るようだった。

「そのうち、お手合わせ願いたいものでござる」

進藤左馬之助が浅黒い顔をにこりともさせずに言うと、

「よせよせ」

上野彦九郎がまた半畳を入れる。「貴公の腕では、後れを取らぬものでもない」

むっとした進藤が、本気で口をとがらせた。

「すくなくとも、おぬしには勝ち越しておる」

「否。きょうはわしが取ったゆえ、引き分けじゃ」

若侍ふたりの他愛ない遣り取りに、おもわず吹き出した。進藤たちも、幾分ばつわるげに鯨をつつく。酒もすぐ空になったが、ちょうど二階から下りてきた女将が替わりの徳利と肴を持ってきてくれた。

しばらくそうやって無駄話に興じていたが、ふと見ると、進藤がどこかしら上の空といった体で盃をもてあそんでいる。まさか澪のことを考えているわけではあるまいと思ったが、すこし探りを入れてみたくなった。

「――なにか気にかかることでもあるのか」

あえて直截《ちょくせつ》に問うと、若侍がぴくりと肩をすくめる。ためらいがちに座を見回したのは、山岸や上野の耳をはばかったのだろう。だいじょうぶだというふうに顎を引いてみせる。こうした席での話は外に洩らさぬのが嗜《たしな》みであるし、なかでもこの顔ぶれは気をゆるしてよいものと思っていた。

その心もちが伝わったらしく、進藤は盃を置くと、まっすぐな眼差しを五郎兵衛に向けた。しぜん山岸たちも手をとめ、うかがうように二人を見つめている。

「厨方に友垣がおるのですが」藩邸内ではたらく中間《ちゅうげん》や女中の食事を司るお役のことである。ふだん張りのある声が、めずらしく惑うような調子を帯びていた。「いささか厄介なことになっているそうでございまして――」

二

濛々とあがる湯気を透かし、竈《かまど》のまわりを行き交う人影がひっきりなしに視界を横切る。夕餉の仕度もたけなわの時分だから、あたりには米や汁の香が押し寄せんばかりに立ち籠めていた。

五郎兵衛は隅の板戸から顔だけ覗かせ、厨のなかを見渡している。女中や中間たちはそれぞれの仕事で手一杯だから、こちらへ目を向けるゆとりなどない。たまさか気づいた者がいても、差配役が藩邸内のどこにいたところで不審を持たれるおそれはなかった。入り乱れて十四、五人は立ち働いているから、探すのに造作がかかるかと思ったが、杞憂というのはこういうことだったらしい。大鍋の前にたたずむ影が、一瞬で目に留まる。ひときわ背の高い女中だった。汁をあたためているらしく、ときどき鍋のなかを覗き込んでは、杓子《しゃくし》で掻きまわしている。

その姿を見定めようとしたところで、やにわに振りかえる。いつの間に来ていたのか、背後につらなっていた若侍が数人、決まりわるげに面を背け、そそくさと踵をかえした。

——なるほどな。

苦笑を嚙みころし、今いちど大鍋のほうへ目を飛ばす。とっさに肩が跳ねた。杓子を持った例の女中がこうべをあげて、こちらを仰いでいる。数間は離れているが、息を吞むほど勁《つよ》い眼光が五郎兵衛を捉えていた。

光の加減なのか、女の髪が少し茶がかって見える。細くのびた眉の下に切れ上がったまなじりが覗き、なにもかも吞みこむような深さをたたえた瞳がその奥に鎮まっていた。紅を塗っているのかさだかではないが、唇はくっきりと赤い。高い鼻が目につくせいか、とくべつ不機嫌というわけでもなかろうに、面ざしそのものがどこか瞋《いか》りを帯びているふうにも感じた。頬から顎にかけての線はするどく、細く長い首にそのままつながっている。胸元は薄かったが、腰の位置がおどろくほど高く、わずかに見える足の指は不釣り合いなくらい小さく、白かった。まるで女のまわりにだけぽっかり空洞が開いているようで、おぼえず目を吸い寄せられる。

我にかえると、厨の女中たちが、うんざりしたような面もちをたたえてこちらを見やっていた。中間たちは野卑な笑みを浮かべ、くだんの女中と五郎兵衛を見比べている。なかにひとり、やけに剣呑な目を向けてくる者さえいた。名まえはすぐに出てこないが、たしか十日ほどまえに雇った三十男である。

「……邪魔したの」

どうにかそれだけ告げて、板戸に手をかける。いつの間にか、喉にひどい渇きを覚えていた。視界が閉ざされる寸前、女がどこか投げやりな笑みを浮かべたのが分かる。瞳の色もほとんど茶に近いほど淡かった。

ああ、と籠もりがちにつぶやいてから、野田弥左衛門が面をそらす。つづけて、

「それは滝夜叉《たきやしゃ》でございますな」

なぜか言い訳じみた口ぶりで付けくわえた。

「滝夜叉とは」

五郎兵衛が問うより先に、安西主税が発する。野田の話を聞きたかったが、どういうわけか口が重たげなので、とりあえず説明しておくことにした。

「下総《しもうさ》あたりの言い伝えじゃ。平将門の娘で、稀代の妖術使い。名を滝夜叉姫という」

へえ、と若侍が感心したふうな声をあげる。退出どきの詰所に残っていた下役たちが、いっせいにこちらへ視線を向けた。声を抑えるよう目くばせしたが、伝わったかどうかは分からない。安西が、あいかわらず呑気な口調でいった。

「そんなことまで、ようご存じですな」

「何でも屋ゆえ」

とっさに返してから、自分でいってしまったと失笑をこぼしそうになる。五郎兵衛は、膝の向きをかえて野田を見つめた。副役は、肥えた肩を居心地わるげに竦《すく》めている。

「滝夜叉の講釈はさようなところじゃが、それが厨方とどう関わる」

「……かの女中、お滝と申しまして」

ようやく絞り出した声を聞いて、膝をたたく。うまい、と言いたくなるのをかろうじて堪えた。若侍はまだ呑みこめぬらしく首をひねっているが、あまりの婀娜《あだ》っぽさについた仇名《あだな》ということだろう。たしかに、妖術のひとつやふたつ使ってもおかしくないようなたたずまいに見える。

お滝という女中が雇われたのは、ひと月ほどまえのことになる。進藤左馬之助から聞いた話では、以来、藩士から雇い人までその姿を覗きに来る男が相次ぎ、厨まわりが難儀しているという。のみならず、中間どものあいだで当の女をめぐるいざこざも絶えず、危うい空気さえ持ち上がっているらしかった。いわれてみれば、厨でやけに荒《すさ》んだ目を向けられた覚えがある。近づく男はすべて敵だといわんばかりだった。

「不思議なのは」五郎兵衛は眉をひそめる。野田が、いっそう背すじを縮こまらせた。

「どうも、あの女に覚えがないこと」

差配役の勤めはうんざりするほど多いが、なかでも人事は柱のひとつというべきものである。藩士の評定がほとんどだが、中間女中のたぐいでも、雇うまえに一度くらいは顔を見ているはずだった。どちらかといえば朴念仁の部類であることは自覚しているが、あのような女を見忘れるほど重篤とも思えない。

「ご差配は会《お》うておられませぬゆえ……」

野田が押し潰された蛙のような声で告げる。そんなはずは、とことばを重ねるまえに、

「――谷中へ出向かれた折で」

副役が面目なげにいった。安西主税が、思い当たったというふうに首肯する。

御納戸頭だった森井惣右衛門の不正をさぐっている折、にわかな動きがあって安西とともに谷中の隠れ料亭へおもむいたことがある。言われてみれば、その日、口入屋から女中の募集に応じてきた者を幾人か連れていくという知らせがあった。危急の場合ゆえ、野田に任せると言いおいて藩邸を出た覚えがある。厨方と副役で面談して雇い入れを決めたということのようだった。

「ああ」つい唇もとがほころびる。「責を感じておるわけか」

応えるかわりに、野田がうなだれる。さいぜんから様子がおかしいと見えていたのも、気のせいではなかったらしい。厨方も野田も、滝夜叉を目のあたりにして、一も二もなく雇ったのだろう。

とはいえ、五郎兵衛自身が面談していたらどうなったかまでは分からぬ。婀娜っぽいから雇うというつもりは毛頭ないが、それだから断るのも妙な話である。結局はおなじことになったかもしれぬから、野田を責める気にはならなかった。

「それがしも拝み損ねたわけでございますな」

安西主税が残念そうにつぶやいたので、

「見物にはゆくな。余計ややこしくなる」

すかさず釘を差しておく。若侍が苦笑するのを尻目に、つかのま思案をめぐらしたが、どうにもよい方途が浮かんでこない。

「まあ、しばらくは様子を見るよりあるまい」

そう告げて、ひとまず打ち切ることにした。気にかからぬわけではないが、日々さまざまな勤めが山積している。この件にばかりかかずらわっているわけにもいかないのだった。

めずらしくか間々あることかは分からぬが、おのれの思案が間違っていたと気づいたのは、十日ほど後のことだった。

三

五月の節句も近づいたため、その日は朝から御広敷《おひろしき》まで出向いていた。御年寄と呼ばれる奥の取りまとめ役と打合せをするためである。御広敷というのは表と奥向きとを分けるひとつづきになった一郭で、藩主家以外の男子はここから先へ入れぬ建て前になっていた。もっとも、千代田城の大奥ならともかく、神宮寺藩程度の構えでは、やれ障子が破れたの、床板がめくれたのと、内々に差配方や職人衆が招じられることも珍しくはない。なにごとも表と裏があるのだった。

さはいえ、季節の行事は武家にとっておろそかにできぬものであるから、きょうは表も極まれりというほどのお役である。毎年決まりきった流れではあるが、武者人形の蔵出しや奥への飾りつけについて、御年寄の峰尾《みねお》と日取りを確かめ合うのだった。相手は六十前後といった年配の女で、五郎兵衛が亡父の跡を受けてお役についたころから奥の束ねをしている。むかしは至らぬところをよく叱られたもので、そのせいか、今でもどことなく頭があがらない。

御広敷へ着いたときは、すでに峰尾が着座していた。もともと整った顔立ちで、すっかり白くなった髪をのぞけば十は若く見える。ほつれ毛ひとつなく結い上げた銀色の髷《まげ》が朝の光を弾き、燦《きらめ》くように浮き立っていた。遅れましたか、と慌てて問うと、

「早めに着くよう心がけておるだけでございます」

と、にべもない。こういう物言いが目につくので、藩邸内では峰尾を苦手としている者も多いが、ながい付き合いだから、性根はそれほど冷たくないと分かっている。その証しというわけでもないが、話へ入るまえに、峰尾がいたずらっぽい含み笑いを浮かべて、背後を振り仰いだ。菖蒲《しょうぶ》を描いた衝立の陰から、応じるように小さな影があらわれる。

「これは……」

いいざま、五郎兵衛はふかく腰を折り、畳に指先を突いた。息災であったか、と発した少年が、峰尾とならんで座につく。神宮寺藩の世子・亀千代ぎみだった。

「なかなか現れぬので、こちらから出向いてみた」

わずかに拗ねたふうな声で呼びかける。五郎兵衛は今いちど低頭し、ゆっくりと面をあげた。

「恐れ入りまする。なかなか参上する口実がござりませず」

峰尾がまあ、といって咎めるように目を剝いたが、少年は声をあげて笑った。内心、胸を撫で下ろす。娘の澪を通じ、「たまには顔を見せよ」といわれて伺候を約束したものの、名目もなく奥に入ることはできぬ。たまさか若ぎみが表へ出られるときは、側仕

えの者たちが隙なくまわりを固めている。気にかかりながら、もうひと月近くが過ぎていた。齢よりずいぶん聡いお方と承知しているから、適当にあしらわれたと感じさせたくはない。今はまだ、ひととは信じられるものだと思っていてほしかった。

さいわい、口実がないということばですっかり得心したらしい。亀千代ぎみは機嫌よく近況などを語り、

「では、わたくしと里村どのは、そろそろお節句の話にかからねばなりませぬゆえ――」

峰尾にうながされると、とくに抗うでもなく立ち上がった。が、踵を返したところで、ちらりと五郎兵衛のほうを振り向く。小さな唇から、ためらいがちな声が洩れた。

「いずれまた……。急ぎはせぬが、相談したいこともあるゆえ」

問い返すよりまえに、足を速めて立ち去ってゆく。こうべを傾げながら若ぎみの後ろ姿を見送っていると、やはり首をひねっていた峰尾が、

「それで、蔵出しのお日にちでございますが」

和らげていた面もちを引きしめ、節句の件を口にした。こちらも居住まいを正して向き合う。

とはいえ毎年のことだから、さほどむずかしい問題の出ようはずもない。じき話はすみ、引きあげようかと思ったところで、峰尾がにわかに眉を寄せた。何か言いだすのかと身構えたが、めずらしく迷うている体に見える。

「どうかなさいましたか」

助け舟を出すつもりで問うてみると、

「いえ、なにも」

やけに強くかぶりを振る。そのしぐさがかえって意味ありげに見え、腰を据えたまま、眼前の銀髪を見つめた。

御広敷の畳おもてに光がひとすじ差しこんでいる。障子戸は閉めているが、昨晩雨だったせいか、部屋のなかにまで湿った花の香がただよっていた。時おりその匂いに混じって、鵯《ひよどり》とおぼしき甲高い囀りが耳の奥まで響いてくる。

ややあって、峰尾がうすい紅を塗った唇をひらく。これも珍しいことだが、ひどく籠もりがちな声音を発した。

「……何年になりましょうか」

「は――」

あまり唐突な物言いに、つい頓狂な声で返してしまう。相手はわずかに目を伏せ、

「奥方が亡くなられてからでございます」

とつづけた。話の行く方はまったく見えぬが、

「十四、五年にもなりましょうか」

とりあえず応えておく。お役に就いたり澪が生まれたりと、あれこれ慌しい時期だった。峰尾は幾度かうなずきながら、

「ことさら申し上げたことはございませぬが」と告げて真正面から五郎兵衛の目を覗きこむ。「男手のみで娘御ふたりをようお育てなされたと、ひそかに感服しておりました」

「……恐れ入ります」

返す声が小さくなる。誉められているらしいが、それにしてはこちらへ向ける眼差しが険しかった。義妹・咲乃の助けあればこそで、と言いたかったが、そのようなことを口にできる空気でもない。御年寄が、意を決した体で身を乗りだしてきた。

「その里村どのが……」

「えっ」

なんのことやら見当もつかぬ。まるで異国の者と話している心地がした。絶句しているうち、峰尾が瞳にいっそうの力を籠める。きつく唇を嚙みしめてから言い放った。

「厨の女中にご執心と、奥まで聞こえておりまするよ」

四

御広敷から退出し、表へつながる渡り廊下まで戻ってきたときには、つよい午後の光が正面から降りそそいでいた。左かたにつらなる中庭では、あやめが紫の花弁を白日に晒している。きょうの日ざしはひときわきびしく、どうかすると蟬《せみ》でも啼きだしはしないかと思われるほどだった。

五郎兵衛は足をとどめ、額に滲んだ汗を手の甲でぬぐう。暑いから掻くのか、内心から湧き出てくるものなのかは分からなかった。

——それにしても……。

峰尾が知っているところを見ると、くだんの話はそうとう広がっていると見てよい。奥の噂好きは承知していたはずだが、あらためて目の当たりにした思いだった。婀娜っぽい女中ひとり何ほどのこともあるまいと考えていたのは、心得ちがいというほかない。ひとの口がどれほど恐ろしいかは分かっているつもりだった。

惑いつつ踏み出したところで、眉をひそめた。どこからか、喚《おめ》き声のようなものが耳に飛び込んできたのである。あたりを見まわしてみたものの、視界のうちでは雨上がりの庭が日に焙られているだけだった。

が、するうちにもざわめきが勢いを増してくる。声の大きさだけでなく、ひとときごとに数も加わっているようだった。

追い立てられるようにして足どりを速める。もどかしさに堪えかね、渡り廊下から飛びおりて裸足《はだし》のまま中庭を駆け抜けた。勢いに驚いたらしく、葉桜の梢から飛び立っていく影がある。目の隅を赤茶色の腹がかすめたから山雀《やまがら》だろうが、確かめているゆとりなどあるわけもない。

声の聞こえ方からして庭のどこかと見当をつけた。途切れぬ叫喚だけを頼りに走ったが、少しずつ声が大きくなっている。的外れな方には向かっていないようだった。

足をゆるめることなく、小さな池の畔《ほとり》をよぎる。そのまま小書院の角を曲がると、重なった唸り声が噴きつけるように押し寄せてきた。

十人ばかりの中間が輪になって何かを囲んでいる。内側に向かい、囃《はや》すような嗾《けしか》けるような声を浴びせていた。そのなかから、獣の吼《ほ》えるごとき響きが湧いている。こちらが呼びかけるより早く、

「里村さまだ」

「ご差配役がお出でじゃ」

五郎兵衛に気づいた者がいくたりもいて、わらわらと人だかりが崩れた。呆気にとられるほどすばやく、思い思いのほうへ散っていく。日ごろ藩邸のあちこちに出張っているから、すっかり顔と名まえを覚えられているらしい。いいのかわるいのか分からぬが、いまは追い払う手間がはぶけたというべきだった。

あとには輪のなかにいたとおぼしき男ふたりが残されている。ともに顔中を血だらけにし、半裸となるまで着物をはだけて、たがいの襟をつかんでいた。片方の顔に覚えがあるような気がしたものの、すぐには思い出せない。ふたりとも、五郎兵衛を横目で見やり、忌々しげに頬のあたりを歪めていた。そうしながらも、かまえた拳は下ろさずにいる。

「いかがした」

と問いながら、いやな予感が全身を覆っている。勘の当たるほうではないが、なぜか

確信に近いものをおぼえていた。

男たちが歯を剝き出して相手を睨《ね》めつける。腫れあがった唇を同時にひらき、まるで双子のように声をそろえた。

「この野郎が、厨の女にちょっかいを――」

抑えきれぬ溜め息がこぼれる。やはりそうかと、重い脱力感が降りかかってきた。同時に、見覚えのあった三十男が誰なのか思い至る。いつぞや厨までお滝の面体《めんてい》を確かめにいったとき、剣呑な目つきでこちらを見ていた中間にちがいない。あの女へ近づく相手には、のこらず嚙みつくということらしかった。

「……たいがいにせよ」

いつになく刺の多い口調となってしまう。ふたりを引き離し、それぞれの名をたしかめた。失念していたが、くだんの中間は常吉《つねきち》というらしい。男たちはなおも歯を剝き出し威嚇《いかく》し合っていたが、やがて不承不承という体で反対の方角へ立ち去っていく。そのうしろ姿が見えなくなるのをたしかめると、がくりと肩が落ちた。

――どうにも手に余る。

色と食い気には待ったがない。単純であるぶん、いつどこで暴発するか分からなかった。いずれにせよ、藩邸内での喧嘩は許されない。あのふたりは、馘《くび》にするしかないようだった。

かたわらの池にそそぐ陽光が、水面をまばゆいほどきらめかせている。少しばかり浮いた水草が微風に揺れていた。

照りかえしに目を細めた五郎兵衛は、次の瞬間、弾かれたように振りかえる。池の面に何者かの影が映っていると感じたのだった。

あっ、と声をあげそうになり、いそいで呑みこむ。小書院の角から顔だけ覗かせていた女中は、しまったという表情を浮かべたが、逃げようとはしなかった。

あるいは喧嘩のいきさつをくわしく糺《ただ》せるかと思い、女の方へ一歩踏み出す。わずかに大気がそよぎ、埃まじりの風が吹きつけてきた。

とっさに足がとまる。重く湿った大気にまじり、ひどくつよい香りがはっきりと鼻を突いた。それ以上、進めなくなってしまう。

目のまえの女からただよってくるのは、獣が放つような濃い汗の匂いだった。それでいて、かすかな甘さと森林のなかにいるごとき涼味が混じっている。背骨のあたりに痺れるような感覚が走るのを抑えられなかった。

香など焚いているわけもないから、この香りは軀そのものから発しているのだろう。見たこともない生きものがそこに蹲っているようだった。女の瞳はどこまでも静まり、しんそこ冷えているように感じられる。髪も目も、やはり茶色味を帯びていた。

動けずにいるうち、お滝はかるく低頭すると、おもむろに踵をかえした。呼びとめようとしても、声が出てこない。五郎兵衛は、背の高いうしろ姿が遠ざかってゆくのを、なす術《すべ》もなく見送っていた。

五

文箱から書き付けの束を引っ張り出した野田弥左衛門が、せわしなく紙をめくっている。詰所じゅうの下役が、なぜか息を詰めてそのさまを窺っていた。やがて、

「ございました」

眉を明るませて一枚の書面を差しだしてくる。受けとった五郎兵衛は、もどかしげに開いて目を走らせた。

「駿河《するが》は丸子《まりこ》の生まれ、実家は小作……前職は神田の須田町で旅籠《はたご》づとめ。亭主はなし、齢二十八」

ふたりへ聞かせるように読みあげる。むろん、滝夜叉ことお滝の話である。雇い入れたとき、口入屋が持参した身上書をあらためているのだった。

「まずは将門の裔《すえ》などでのうて安堵した」

読み終えて吐息まじりに告げると、野田と安西主税が笑声を洩らす。が、まるきり冗談というわけでもなかった。押し寄せた汗の匂いが、まざまざと鼻腔に残っている。お滝のたたずまいだけでも狂う男は多かろうが、軀の芯を鷲掴みにされるようなあの香りは、五郎兵衛自身、四十数年生きてきて、はじめて出会うものだった。

素姓は明らかになったが、これでは何も分からぬに等しい。もっとも、女中や中間の

身上書などというは、大なり小なりこうしたものだった。

安西たちも、やはり戸惑いがちに首を捻《ひね》っている。するうち、若侍がひと膝すすめて告げた。

「あまり騒ぎが続くようでしたら、べつの女中を雇えばすむ話では」

どことなく残念そうな面もちを隠しきれぬまま、野田も首肯する。五郎兵衛はふたりの顔にかわるがわる視線を這わせながらいった。

「それも無体《むたい》であろう。あの女が何かしたわけではない」

少なくとも今は、と続けそうになるのを呑みこむ。なるほど、と若侍が腑に落ちた体でひとりごちた。喧嘩をした中間ふたりは馘にせざるを得なかったが、お滝はそういうわけでもない。

むろん危うげな気配を感じてはいるが、藩邸も煎《せん》じ詰めればひとつの世間である。家中の士もふくめ千差万別が当りまえで、何ごとかあるかもしれぬというだけで退けていけば、誰も残らなくなってしまう。今のところは、せいぜい心して目を配っておく以外にないだろう。

何も決着していないことは分かっていたが、きょうは屋根瓦の修繕についても相談せねばならない。瓦の見積もり書はもうできているはずだから、取りだすよう言おうとしたところに、

「申し上げます――」

縁側の方からしゃがれた声がかかる。立ち上がった安西が障子戸を開けると、門番の老爺がごま塩頭を搔きながら中庭に立ちつくしていた。背後で咲き競うとりどりの紫陽花がどうにもそぐわぬほど、しょぼくれた風情に見える。

「いかがした」

野田がいぶかしげに声をかけると、老爺はさらに背をちぢめた。

「門前に町家の女房とおぼしき者が参っておりまして」

五郎兵衛も眉を寄せた。何でも屋だからといって、町人の来訪までさばいていては、いくら人手や刻があっても足りない。野田もおなじことを考えたらしく、

「いちいち取り次がんでもよかろう」

つねになく不機嫌そうに告げた。おのれが雇い入れた女中のために藩邸内が浮き足立っているのだから、身の置き場がないのだろう。

「それが」門番が当惑の色を孕んだ声をあげる。ざわりとしたものが五郎兵衛の背すじを走り抜けていった。

「厨にいる女中をどうでも連れてこいと、座りこんじまって――」

三十すぎと見える小太りの女が、蒼ざめた顔を俯かせて床几に腰を下ろしている。ろくに整えられていないうなじは肌の色が抜け落ちたかと思えるほど白く、血の管がはっきりと浮き出ていた。

往来に座りこまれては人目に立つが、さりとて藩邸内へ入れるわけにもいかぬ。こちらから門番小屋まで出向いたものの、ふたりも入れれば身動きできなくなるくらいの狭さである。当の門番には外へ出てもらい、五郎兵衛ひとりで女と向き合っていた。お役に就いたばかりの安西はともかく、だれか気の利いた下役に任せればいいようなものだが、おのれが出向いた方がよいという勘がはたらいた。誰であれ、思い詰めた者と対するは、なかなか厄介なものなのである。

まずは相手が口を開くのを待っていたが、女はしばらく経っても身動《みじろ》ぎひとつしない。どうしたものかと溜め息をつきかけたところで、

「……何もかも、あの女のせいでございます」

ひどくどすの利いた声が洩れた。地の底から湧くような響きに、襟もとを締め上げられるごとき心地が伸しかかってくる。唾《つば》ひとつ呑んで、どうにか唇をひらいた。

「いかなる次第か――」

話してみよ、と言いおえるまえに、堤が崩れるような勢いで女の口からことばが迸《ほとばし》り出る。

のぶと名のった女は荏原《えばら》郡の百姓で、夫とともにちいさな畑で野菜を育て生計《たつき》を立てていた。子には恵まれなかったが、夫婦ふたり食べていくには不足のない、まずまずの暮らしだったらしい。

が、しばらく前から亭主があやしげな振る舞いを見せるようになった。ご府内へ野菜

を売りに行くのはいつものことだが、なにかと理由をつけて自分が出向こうとする。そして、おもむくたびに、少しずつ帰りが遅くなってくるのだった。

女郎にでも入れあげているのだろうと思い、しばらくは悠然とかまえていたが、ことはおのぶの胸三寸を越えていた。

そろそろ頃合いと見はからって問い詰めたときには、もう遅かった。女にのぼせていたのは確かだが、相手は堅気、神田の旅籠で女中をしているという。明かせてよかったと亭主はむしろ安らかな面もちさえ浮かべ、すまねえが俺とは別れてくれと切りだしてくる。呆然となりながらも、

「寝たのかい」

震える声で尋ねたところ、かぶりを振り、

「ぞんがい身持ちがかたくてよ」

やたら嬉しげに応えたものだから、かえって頭に血がのぼった。独り身になれば振り向かせることができると思ったらしい。気づいたときにはおたがい血だらけとなり、亭主は身の回りのものだけ持って出ていった。我にかえったおのぶはそれらしき旅籠をしらみつぶしに当たったが、ひとくちに神田あたりの旅籠といっても何軒あるか見当がつかない。ひと月かかって女の行方を突き止めたのが今朝がたのことで、そのまま神宮寺藩邸に駆けこんできたのだという。

言いたいことをいってひとまず気がすんだのか、おのぶは頬を上気させながら肩を波

打たせている。五郎兵衛は思案げな息をつくと、胸のあたりで腕を組んだ。

領民でもない者の訴えではあるが、藩邸の雇い人がからんだことでもあるし、突っぱねるのも寝覚めがわるい。とはいえ、ここで当のお滝を連れてくれれば、事はよけい治まらなくなるに違いない。

「――して、亭主の方はいかがした」

行き詰まった空気を変えるつもりで、問いかける。女がやるせなげに面を伏せたのは、行方しれずのままということだろう。

「ほんとに、どうしようもない男でございます」いやいやをするように頭を振る。ほつれた鬢が、ひとすじ頬のあたりにかかった。「女がこちら様にいるということは、相手にもされず、今ごろどこかで野垂れ死んでいるのかも……」

震えることばを留めるように、五郎兵衛はことさら声を高める。

「わるい方にばかり考えるものでもない――しばらく刻をもらえぬかの」

よい方途が浮かんだわけではないが、このまま追い返す気にはなれなかった。が、おのぶは疑いに満ちた眼差しを向けてくる。無理もない、体よくあしらってうやむやにされると思ったのだろう。五郎兵衛は力づよく頷きながらつづけた。

「当屋敷の女中がからんだことゆえ、無下にはせぬ。なにか気にかかることあれば、門番にいうてわしを呼べ。里村と申す」

「里村さま……」

脳裡へ刻むようにして、女房が繰りかえす。

「さよう。何でも屋といえば、すぐに分かる」

すこしおどけた口調でいうと、強張りきったおのぶの表情がかすかにゆるむ。五郎兵衛も、唇もとをほころばせて告げた。

「亭主のことも、こころに留め置くとしよう。ともあれ名を聞いておこうか」

「はい、常吉と申しまして――」

齢は三十三、とつづける女の声が、どこか遠いところで響いている。おのれに剣呑な眼差しを向ける中間の面ざしが、頭の奥ではげしく閃《ひらめ》いていた。

六

客間へ招じ入れた咲乃が、いつになく難しい面もちを浮かべている。茶をはこんできた七緒も気配を察したのだろう、眉のあたりに案じるような色をよぎらせたものの、かるく一礼するだけで退がっていった。

緑の匂いをたっぷりふくんだ宵闇が、部屋のなかにまで広がっている。行灯に火を入れはしたが、払いきれぬ影が隅のほうに残っていた。

「造作をおかけし、ことばもござらぬ」

いいざま腰を折ったが、義妹はどこか人心地のつかぬ体で、

「滅相もないことでございます」

かろうじて聞き取れるほどの声を洩らすだけだった。五郎兵衛は小首をかしげながら、わずかに膝をすすめる。

「して、首尾はいかがで」

問うと、

「はい――」

思いを凝らす風情でぽつぽつと語りはじめる。どちらかといえば大柄な軀が縮んだように見え、くっきりとした瞳に惑うふうな光が滲んでいた。

女中長屋へお滝のようすを見に行ってもらったのである。くだんの女にかぎらず、女中や中間は藩邸内にごく簡素な住まいを与えられているのだった。

武家の女人である咲乃にそのような振る舞いをさせるのは無体といわれて仕方ないが、じぶんはもちろん、野田や安西などをやっても、たちまちよからぬ噂が広まるだろう。

野田はお滝を雇ったことに責を感じていたが、その伝でいうと、常吉の面談をしたおのれにも咎がある。荒っぽい風体の男だな、とは思ったが、中間になるような者はたいていそうだから、とくだん印象に残ることもなかった。まさか女を追って藩邸に入ったとは思ってもいない。今となっては臍《ほぞ》を嚙むしかなかった。

その常吉は馘にしたものの、男たちのざわつきようを見れば、また似たようなことが起きないとも限らぬ。かの女中を放っておくわけにはいかなくなってきたが、どうすべきか決めるにしても、材料が少なすぎる。考えあぐねたすえ、わけを話して咲乃に助力を仰いだのだった。

「断っておきまするが」そのとき、口籠もりながら付け足したことを覚えている。「それがし、かの女子に疚《やま》しい思いはこれなく……」

我ながらどうも言い訳じみている、と思いながら告げると、笑声をこぼしそうになった義妹が、あわてて口もとをおさえた。

「疚しいことなら、わざわざわたくしに頼まれるはずもございますまい……心得ましたゆえ、しばしご猶予をたまわりとう存じます」

やはり肚のすわった女子と安堵したのが十日ほどまえである。里村へ行くと告げて屋敷を出、幾度か長屋まわりを窺ってくれたらしい。面を隠すとかえって目立つから、頭巾のたぐいは避けていつもと違う化粧を施し、帷子《かたびら》も質素なものにして女中風を装ったという。まことに行き届いた心の配りようというほかなかった。

「七緒どのが風邪ぎみで、などと出しに使うてしまい、申しわけないことでございました」

咲乃が声をひそめていう。ほんじつ戻りましたら、ずいぶん良くなられたと言うておきまする、と付け加えた。亡妻・千代と咲乃の実家は徒目付《かちめつけ》をつとめる高山《たかやま》という家で、両親は世を去り、弟が家を継いでいる。いまだ独り身の姉が里村に出入りするのを快く思ってはいまいが、行きがかり上、黙認しているということらしかった。

咲乃は時刻をかえて何度か足を運び、お滝のようすを窺ったという。さすがに長屋のなかまで入るわけにはいかぬが、女中たちが厨へおもむく折や、仕事を終えてもどってくる時など、いくぶん離れたところから見守った。

「で、かの女中はいかがな風情でござったか」

五郎兵衛が問うと、咲乃は思い惑う体で眉を寄せた。そのまま考えをめぐらすようにじぶんの膝を見つめる。ややあって、さようでございますね、と小さな声でつぶやき、おもむろにこうべをあげた。

「女の目から見ても、ぞくっとするような、たたずまいでございました」

滝夜叉とはうまくつけたもの、といって、つかのま眼差しを虚空へ飛ばす。こんどはさほど間も置かず唇をひらいた。

「されど――」

七

傾いた日ざしのなかを、脚のながい女の影が遠ざかってゆく。それを見定めると、五郎兵衛は藩邸の海鼠塀《なまこ》に沿って歩を踏み出した。おのれのあとからは、すこし離れて野田弥左衛門が付いてくる。

相応のへだたりを置いて女の歩く道すじを辿る。か細さを増す光のなかでも、お滝の長身はじゅうぶんすぎるほど目を引いた。人通りはまだそれなりに多かったが、紛れる気遣いはない。女は〈かねやす〉という暖簾をかかげた小間物屋の角を曲がり、滾《たぎ》るように赤い西日を浴びて足をすすめていく。

厨方に話を通し、お滝を使いに出してもらったのである。藩邸で購うものはすべて御用の店が届ける決まりになっているが、にわかな入用と告げて、味噌を買いに行かせた。時折はあることだし、当人もふくめ、新参の女中が使い走りをさせられることに不審を抱く者はないだろう。

おもむく店は、むろん決められている。お滝は、〈かねやす〉の角を曲がって道なりにいくらか進んだあと脇すじに入った。五郎兵衛たちは、やや離れた四つ角にたたずみ、小路の入り口を見守っている。かたわらに立つ野田を横目で見やると、眉が憂わしげなかたちにひそめられていた。安西主税を伴おうとしたのだが、ふだん腰の重いこの男にはめずらしく、自分から手をあげてきたのである。やはり、あの女の件には責を感じているのだろう。

すぐに出てくるかと思ったが、小さな甕《かめ》を抱えた藍地の帷子姿が通りに現れたのは、待つのにも疲れを覚えはじめたころだった。やたらと顔の大きな味噌屋の親爺が送って来たから、あれこれ理由をつけて引き留められたのだろう。

親爺が名残惜しげに戻ってゆくのを待たず、お滝は来た方角に爪先を向けた。思ったよりもその動きが速く、跡を追うのが一拍遅れる。踏み出そうとした五郎兵衛の足が、とっさに凍りついた。背後で野田が息を詰める。

通りの向こうからあらわれた黒い塊が、旋風《つむじ》を巻くようにして女に迫ってゆく。振り返ったお滝の顔に、はげしい驚愕の色が浮かんだ。誰のものか分からぬ叫び声が混じり合い、高く低く広がってゆく。

五郎兵衛は凝然となった身を慌ててほどいた。が、駆け寄ろうとする前に、耳を震わせるような音があたりに響き渡る。

なにが起こったのかつかめぬまま、足だけはひとりでに動いて女のほうへ近づいてゆく。お滝ははげしく肩を上下させて、その場に立ち尽くしていた。

足もとに男がひとり、顔を押さえて蹲っている。砕けた陶器と茶色い塊があちこち散っているのは、味噌の入った甕を叩きつけたということだろう。欠片《かけら》が目に入りでもしたのか、男は呻きながらのたうち回っている。

「これは……」

離れたところに転がっている匕首《あいくち》を、野田が急いで拾い上げる。肉づきのよい指がぶるぶると震えていた。

薄闇を透かして女の面を差し覗く。挑むようにかがやく瞳が、怯《ひる》む気配もなく五郎兵衛を捉えていた。

不忍池の畔には、濃い夜の匂いが立ち込めている。花が咲きほこるには間があるが、水面に浮かぶ蓮の葉が天を差して伸びはじめる頃合いだった。いずれにせよ、いまは池の面をさだかに見ることはできず、溟《くら》い広がりだけが眼前をふさいでいる。

五郎兵衛からすこし離れた岸辺には、お滝がひとりでたたずんでいた。後ろ姿がふてくされているようにも、どこか心細げにも見える。

お滝に刃を向けたのは、おのぶの亭主・常吉である。喧嘩沙汰を起こして馘にしたが、女房の話を聞くかぎり、荏原郡に舞い戻った痕跡はない。五郎兵衛は、そこに危うさを感じたのだった。あるいは今も、お滝をもとめて藩邸の周囲をうかがっているのかもしれぬ。常吉をいぶりだして捕え、なろうことなら女房のところへ戻してやりたかった。知らぬこととはいえ、それが彼の者を雇い入れたおのれの責だと思ったのである。まさか刃物まで持ち出すとは予想していなかったが、こうなったら、脅してでも女を連れ去ろうとしたのだろう。

野田を近くの番屋へ走らせ、夫婦の揉め事は伏せたうえで常吉を引き渡した。副役は残って訊問の行方を見届けているが、お滝はけがも負っていないし、小伝馬町の牢屋敷で百叩きというあたりに落ち着くだろう。すでに安西主税を使いに出し、おのぶにも知らせている。

風が吹いてきたらしく、水音がつづけざまに響く。湿った大気が顔いちめんに貼りついてくるようだった。胸苦しさに息を詰めたとき、

「――ありがとうございました」

知らぬ間にこちらへ向き直っていたお滝が、ふかぶかと腰を折る。耳触りのよい声を掻き消すように、かぶりを振った。この女とことばをかわすのは初めてだということに気づく。夜になってすこし冷えてきたからか、注意深くへだたりを置いているためかは分からぬが、いまは汗の香もただよってこなかった。

「いや……こちらこそ、すまなんだ」

囮《おとり》に使ってしもうた、といってこうべを下げた。女が戸惑いながらもたたえた笑みが、暈《かさ》をかぶった月光のなかに浮かび上がる。お武家さまに詫びられたのは初めてでございますよ、とつぶやき、ふっと自嘲めいた吐息を洩らした。

「あれこれご迷惑をおかけしちまって」

応えるまえに、

「あたしは――」おぼろな月明かりのなかで、背の高い影が気だるげに口をひらいた。

「男という生きものの馬鹿さ加減に、ほとほと嫌気が差しておりますのさ」

つかのまことばを失う。厨まで〈滝夜叉〉を拝みに来た若侍や、味噌まみれでのたうち回る常吉の姿が頭をかすめた。この女は、ずいぶん長いこと、そのような視線にさらされてきたのだろう。

「ああ」お滝が、われに返った体で苦笑をこぼす。「里村さまのことをいったつもりはなかったんですがね」

「いや……」おもわず唇を嚙みしめていた。何でも屋ゆえ知られていてふしぎはないが、女に名を呼ばれた瞬間、胸のどこかで弾むような心地を覚えてしまう。おのれとて、馬鹿な生きものの一人ということだろう。関わりないと言い切れるほど厚かましくはなかった。

咲乃が告げたことばを思いだす。お滝のようすを報らせに来た夜、女の目から見てもぞくっとする、といったあと、

「かの女子は、いつもひとりでございましたなぁ」

とつづけたのだった。厨へおもむくときも長屋に帰ってくるときも、ほかの女中は幾人か連れ立っていくのが常だったが、お滝にそうした友垣はないらしく、皆とは離れて行き来していたという。

五郎兵衛が無言で聞いていると、義妹は、

「あの頃のわたくしをすこし思い出しました」

と付け加えた。

あれほどの色香はございませんでしたけれども、といって、いたずらっぽく笑う。むすめ時分、行儀見習いで奥に奉公していた折のこととすぐに分かった。そうですな、ともいえぬから黙り込んだままでいると、咲乃がひとりごとめかして語を継ぐ。

「――どこにも行き場のない者というのがおりまする」

五郎兵衛はゆっくりと顎を引いた。義妹のいうことは分かる気がする。安住の地などというは、得ている者のほうが少ないのかもしれなかった。

気がつくと、いつのまにか近づいてきたお滝が、こちらを見上げている。かすかに汗の匂いが鼻を突き、あとじさりそうになった。猫を思わせる瞳が、宵闇のなかに滲むごとく浮き上がっている。

「お屋敷に住み込めば諦めるだろうと思ったんですが」女が唇もとを歪めるようにしていう。「まさか中間になってくるなんて」

つきまとわれて難儀したすえ、どうにかほかの男をけしかけて喧嘩沙汰を起こさせた。むろん常吉が馘になるのを見越してのことである。いまひとりの男も、ながく勤める気など端からない。渡り中間とは、そうしたものだった。お滝は心底うんざりしたというふうに、重い声をこぼす。

「お内儀さんにはほんとうに申し訳ないこと……でも、あんな男とは、さっさと切れた方がようございますよ」

「かも知れんな」

うなずきながら笑みをかえした。とはいえ、勘でしかないが、あの夫婦は結局別れない気がする。しっかり者の女房にかぎって仕様のない亭主を抱えこむという図は、まま見てきた。いずれにせよ、ここから先はふたりの問題でしかない。

さぁて、とひと声かけてお滝が踵を返す。背を向けたまま、

「身仕度いたしますから、一晩だけお待ちになってくださいませ」

きっぱりした声音で告げた。

「…………」

「明日にはお暇《いとま》をいただきます」

慣れたことでございますよ、といって、ことさらに明るい笑声をあげた。何とことばをかけたものか見つけられずにいるうち、夜目にもあざやかな長身が遠ざかってゆく。お滝のうしろ姿が少しずつ闇に溶けこんでいった。

——どこにも行き場のない者というのがおりまする。

咲乃のことばが頭にかぶさってくる。あの女は、こうしてさまざまな場所を経めぐって来たに違いなかった。

八

「寝ついたものも数多《あまた》おるとか」

進藤左馬之助が、盃を干しながらいった。

「貴公もその口であろう」

待っていたとばかりに上野彦九郎が半畳を入れる。五郎兵衛と山岸久蔵は、苦笑を嚙み殺しながらそのさまを見つめていた。

小料理屋〈登美岡〉の小上がりに、いつもの四人で腰を下ろしている。滝夜叉ことお滝が藩邸の厨勤めをやめ、行き方知れずとなってから半月ほどが経っていた。進藤が口にしたのは、くだんの女中がいなくなった落胆のあまり、ということである。寝ついたは大げさとしても、藩士や中間で気落ちしている者が多いのはまことだろう。野田弥左衛門なども、安堵半分、放心半分のような面もちが治っていない。

常吉は、やはり百叩きのうえ解き放たれた。甕を叩きつけられた傷が癒えぬうち足腰が立たなくなるまで打ち据えられ、呼びだされた女房へ縋りつくようにして在所へ帰っていったという。

鮎《あゆ》の塩焼きをつつきながら、ゆっくりと盃を空ける。真夏も近づいているせいか、こちよく冷えた甘さが喉に染みわたってゆくようだった。

ひとしきり世間話をしたあと厠に立つ。用を足して戻ろうとしたところで、見はからったように女将の登勢が近づいてきた。擦れちがいざま、ささやきかけてくる。

「よく働いておりますよ――」

無言のまま、ゆっくりとうなずき返した。

不忍池から去っていこうとしたお滝に、結局、五郎兵衛は考えもまとまらぬまま呼びかけた。

「……ともあれ、ついてくるがよい」

そうして女をともない、池之端の小料理屋〈登美岡〉へ出向いたのである。

おのぶと亭主の件はおさまったとして、このままお滝を藩邸に置いては、いずれ似たような騒ぎが起こるだろう。当人が出てゆくといっているのだから勿怪《もっけ》のさいわいというものもいようが、それでよいのかという心もちがぬぐえなかった。よい思案もないまま、まずは女将の登勢に相談したのである。常連というには不義理を重ねている身ゆえ気が引けたが、ほかにこうした話ができる相手を思いつかなかった。

おおまかな事情を伝え、なにかよい身の振り方はないかと尋ねたのだが、女将は話を聞くなり、

「――うちでお預かりいたしましょう」

迷いもなく言い放った。五郎兵衛はむろんだが、当のお滝までが、

「よろしいんでございますか……その」

きっとまた騒ぎが、と消え入るような声で告げてうつむく。五郎兵衛もおなじ思いだった。ありがたいには違いないが、なにか起こっては〈登美岡〉に申し訳が立たぬ。

「わけありが多くてね、この店は」

登勢は唇の端に、いたずらっぽい笑みをたたえていった。「みんな心得てるから」

まあ、差しあたっては板場で皿洗いからはじめてもらいましょうか、といって朗《ほが》らかな声をあげる。「お客さまの前に出られると、あたしが霞んでしまうからね」

いえそんな、と顔のまえで慌てて手を振りながら、お滝がようやく面をほころばせる。五郎兵衛も内心、安堵の息をついた。冗談めかしてはいるが、不心得な客が出ぬための用心だというくらいは分かっている。

今もお滝は壁一枚へだてた板場ではたらいているのだろう。考えたことが伝わったら

しく、登勢が唇もとを袖でおさえながら、つぶやく。

「気になりますか」

いやなに、といそいで背を見せ、足早に小上がりへ戻ろうとする。わけもなく面映《おもはゆ》くなり、大股で山岸たちのほうへ近づいていった。ちらりと振りかえると、女将が含み笑いを浮かべたまま、こちらを見送っている。

あの女もわけありなのだろうか、と五郎兵衛は思った。

猫不知《ねこしれず》

一

梅雨明けの湿った熱気が詰所のうちに満ちている。障子も窓も開け放ってはいるが、風というものがあることを忘れてしまうほどにそよぐ気配もなく、七、八人ほどの下役が片手で扇子を使いながら文机に向かっていた。残りの連中はうまく口実を見つけて、どこぞへ涼みに出ているのかもしれない。安西主税《あんざいちから》もその伝なのか、先ほどから姿が見えなかった。

暑い暑いとこぼすのも配下の手前どうかと思うから口にはせぬが、いきなりおとずれた暑熱に辟易《へきえき》しているのは里村五郎兵衛《さとむらごろべえ》もおなじだった。しばらく前までは毎日のようにつめたい雨が降り、むしろ肌寒いほどだったのである。綿入れでも出してはどうだといったら娘たちに笑われてしまったが、あながち冗談でもなかった。

野田弥左衛門《のだやざえもん》が汗を掻《か》くのは年じゅうだが、この時季はとくべつ目につく。本人もそれは分かっているらしく、四、五本も手拭いを用意し、かわるがわる使って額や首すじを押さえているのだった。

屋根瓦に壊れたところがあったのは早々に直せて安堵したが、こんどは庭の池が濁っている。何日かにいちど中間《ちゅうげん》たちに浚《さら》わせているが、急に暑くなったせいか、またすぐ澱《よど》み、水面に顔を出した鯉が苦しげに口を閉じ開きしていた。いちどきに死ぬようなことがあっては大ごとだから、こちらも気が抜けない。

――大ごとといえば……。

手の甲で額の汗を拭う。主君・和泉守正親《いずみのかみまさちか》の病状に思いを致したのだった。

春さきのことになるが、藩主に随行して国もとへ赴いている側用人・曾根《そね》大蔵《おおくら》から思いがけぬ知らせが届いた。あるじ正親が、にわかの病で床に臥《ふ》したという。折しも出府の直前だったが、いそぎご公儀に届け出て参勤の猶予をたまわった。ひとまずはそれでよいとして、曾根の書状によると、あるじは心ノ臓の具合がはかばかしくないらしい。三月ほどがすぎた今になっても本復したという知らせはなかった。

主君の不例と聞けば、誰しも気にかからぬわけはないが、いまは頭を悩ませる引っかかりが多すぎる。

ご世子《せいし》・亀千代《かめちよ》ぎみが失踪したおり、「むりに見つけずともよい」と言い放った江戸家老の大久保《おおくぼ》重右衛門《じゅうえもん》。その大久保と対立し、「どちらにつくか」と迫る留守居役・岩《いわ》本甚内《もとじんない》。ともに胡乱《うろん》というほかない上役ふたりの顔を思い浮かべるだけでげんなりしてくるが、まんいち藩主の代替わりとでもなれば、それに乗じてどのような騒ぎが起こるか知れたものではなかった。

「――ご差配」

湧き出る考えに気を取られていたのだろう、野田に呼びかけられ、おもわず肩が跳ねる。知らぬうち下げ気味になっていた面を起こすと、副役のそばに三十がらみの武士がひとり控えていた。たしか奥との取り次ぎを務める者だったはずである。眉間《みけん》のあたりに困惑と疲労が混じりあったような色を浮かべていた。

何ごとでござろうと問うまえに、相手が勢いこんで唇をひらく。声にもあからさまな焦燥が含まれていた。

「卒爾《そつじ》ながら、ただちに御広敷《おひろしき》へ参られたしと、峰尾《みねお》さまが申しておられます」

御広敷は表向きと奥との境をなす一郭で、藩主家以外の男子はここから先に入れぬ建て前となっている。五郎兵衛は行事の打合せなどで時おり足を運ぶが、この前は五月の節句について話をするためだった。部屋の隅に立てまわされた屏風の絵柄も、いまは菖《しょう》蒲《ぶ》から色あざやかな金魚に変わっている。

御年寄の峰尾は先に来て着座していたが、やはり暑さがこたえるのか、銀髪の生え際を懐紙で押さえている。こちらもいささか疲れを滲《にじ》ませているように見えた。挨拶もそこそこに、峰尾が膝をすすめてくる。

「本日はお方さまから、たってのご用命にて」

「はあ……」

いやな予感が胸に萌《きざ》し、返す声が沈んでしまう。しぜんと眼差しが落ちて、おのれの袴に見入る格好となった。

お方さまというのは、藩主の正室であるお熙《ひろ》のことを指す。亀千代ぎみのご生母でもあった。年齢は三十を過ぎたところで、さる譜代大名の息女である。和泉守とは十歳近く離れていて、嫁いで来たのは十二、三年前だが、婚約じたいは幼女のころに交わされていた。老中のお声がかりだったと聞いている。

ご正室とじきじき言葉を交わす折などほぼないから、その人となりはさほど心得ていない。が、齢のわりにどこか童女めいたところの抜けぬお方、と耳にした覚えがあった。とはいえ大名のご正室などというは、浮き世と触れることもなく日々を過ごしておられるのだから、当り前ともいえる。われしらず身構えたところに、峰尾がためらいがちな声をこぼした。

「じつは、万寿丸《まんじゅまる》どのの姿が見えぬようになってしまいまして」

おぼえず小首をかしげる。名まえからして男《お》の子に違いないが、ご世子は亀千代ぎみだし、兄弟がいるわけでもない。藩邸内のことならすべて心得ているはずの差配役が、と妙な悔しさが湧き上がってきた。

「はて、まことにご無礼ながら……」

どなたでございましたろう、と発するまえに、あっと声が洩れる。脳裡にまざまざと万寿丸の姿が浮かんだのだった。

つややかな茶の毛並みに、おなじ色のよく動く瞳がはっきりと眼裏《まなうら》によみがえる。お熙の方が飼っている虎毛の猫に違いなかった。

五郎兵衛が気づいたと察したらしい。峰尾はひどく決まりわるげにつづけた。

「お方さまが、それはお嘆きで」

頬のあたりが強張りそうになるのを懸命にこらえる。話の先は、すでに見当がついていた。

二

「猫を、でございますか……」

安西主税がうんざりした表情を隠そうともせずにいった。詰所に居並ぶ十数人の下役たちも、多かれ少なかれ似たような面もちをたたえている。野田弥左衛門のついた太い溜め息が、皆のあいだをひっそりと流れていった。

「して、万寿丸……どのは、いつから行方知れずとなりましたので」

迫水新蔵《さこみずしんぞう》が問うた。三十後半になるが、差配方にはめずらしく気のつく男で、口にはせぬものの、そのうち野田が隠居する気になったら、つぎの副役に据えようと思っている。

お輿入れの時にともなってきた猫だというから思い入れがあるのもふしぎはないが、お熙の方が万寿丸を可愛がることは尋常でないほどらしい。とうぜん係の女中はいるが、食事から糞便の世話までじぶんでやりたがるので、峰尾もしばしば手を焼いていた。

とはいえ猫のことだから一室に閉じ込めておくわけにもいかない。外に出たがれば、その通りにしてやっていた。これまではそれで何の不都合もなく、おおむね決まった刻限になると戻ってきて、魚の切り身などを食べていたという。

ご正室は夏風邪を召されて三日ほどまえから寝込み、峰尾が付き切りでお世話をしていた。そのあいだ女中たちが万寿丸の面倒を見ていたが、今日の昼になって、床上げをすませたお熙の方が、さっそく鍾愛《しょうあい》の猫を連れてくるよう命じたらしい。

ところが万寿丸の姿がどこにも見えぬ。昼食《ちゅうじき》の頃合いにも戻ってこなかった。今までそうした例《ため》しがないわけではなかったが、さらに一刻以上待ってもあらわれない。鷹揚《おうよう》に構えていたご正室も次第に眉が曇り、やがてまわりが驚くほど取り乱しはじめた。峰尾もなだめきれなくなり、言われるまま五郎兵衛を呼ぶことになる。むろん、差配方で万寿丸を探してくれというのだった。

「……それは、われらのお役目なのでしょうか」

安西が、いかにも不本意という口ぶりでつぶやく。「放っておいても、そのうち、ふらと帰ってくるのではございませぬか。猫のことですから」

かたわらで腕組みをした野田がうなずいているのは、同意ということだろう。若侍の不満は無理もないが、副役がこれでは困ると苦笑をこぼしそうになった。ひとことずつ押し出すように告げる。

「言いたいことは分かるが、では、ほかに誰がおる」

「それは――」

ことばに詰まって安西が口をつぐむ。五郎兵衛は、若侍に向かって唇《くち》もとをゆるめた。

「誰もやらぬ……いや、できぬお役を果たすのが差配方じゃ」

と付け加える。納得したかどうかは分からぬが、安西もそれ以上追いすがってはこなかった。

「まずは藩邸内から手をつけよう」

おのれと野田も入れ、下役たちを三つに分ける。床下までふくめて敷地内を総ざらえすることにした。差配方が一丸となって探している、ということ自体がご正室をいくらかなりとお慰めしてくれるだろう。

「早速はじめてくれ」

言い置いて腰をあげると、それだけの動きで汗が吹き出してきた。懐紙を出して首すじを拭う。気がつくと、油蟬の啼《な》き声が詰所のなかに響き渡っていた。

差配方の面々が詰所へ戻ってきたときには、日もわずかに傾きはじめた時刻となっている。風にいくぶん涼味が混じってはいるものの、胸苦しいほどの暑さはほとんど変わっていなかった。

結果がはかばかしくないということは顔を見れば分かるが、それを差し引いても、下役たちは軒並みひどい有りさまとなっている。詰所へ入る前にいちおう身なりも整えてきたはずだが、床下などを探しまわった名残りだろう、肘や膝のあたりが黒ずみ、取り切れぬ蜘蛛《くも》の巣を鬢《びん》に貼りつけている者もいた。五郎兵衛もとうぜん例に洩れぬ。むっとするような汗臭さが詰所のなかに籠《こ》もっていた。

遅れて最後に帰ってきた野田がひとりだけ衣服をあらためているのは、汗を掻きすぎたため、屋敷に寄って着替えてきたのだろう。こちらも、その方がありがたかった。

それぞれの報告を書き役が帳面に記していく。まとまったところで仔細《しさい》にたしかめたが、やはり捜せるところはくまなく当たっていた。縁の下までいっせいに探って見つからぬのだから、藩邸内にはいないと考えた方がよい。念のため奥へ使いを派《は》して万寿丸が戻っていないか尋ねたが、そうした気配すらうかがえぬらしい。藩邸の外に出たとすれば、お手上げというほかない。どうしたものか考えこんでいると、おなじく沈思していた迫水が、

「……ひとまず、かわりの猫を手配してはいかがでしょう」

ことばを選ぶようにしていう。ふかく頷きかえして発した。

「この際、窮余の一策。さっそく長寿《ちょうじゅ》屋に使いを出せ」

はっと応えて迫水が低頭する。何気なく目をすべらせると、野田がどこか不安そうな面もちを浮かべていた。口にしてもいないのに、いずれ副役交代などというゆくたてが頭をかすめたのかもしれぬ。ひとを使うのは難しいものだと思った。

長寿屋というのは生きものをあつかう出入り商人のことで、屋号は鳥獣屋のしゃれらしい。元禄のころ、悪名高い生類憐《しょうるいあわれ》みの令が行き渡ったため、犬だの鳥だのを飼うことが大いに流行した。長寿屋もそのころ先代が興したものだという。令が廃されて何十年も経つが、その習いは意外にすたれず、商いも繁盛していると聞く。これで収まってくれればと願いながら、五郎兵衛は今いちど帳面を繰りなおした。

「前の猫が茶でございましたなら、いっそ、まったく異なる毛並みのものを飼ってみるのも楽しかろうと存じます」

長寿屋のあるじ又八《またはち》は、梅干しのごとくぎゅっと縮まった面ざしをゆるめていった。足もとに竹で編んだ籠が三つ据えられており、それぞれ茶、黒、白の猫がなかに入っている。

五郎兵衛は詰所の縁側に腰を下ろし、庭先に控える長寿屋と向き合っていた。ちらりと籠に目を落としたものの、そうした趣味のない身には、どの猫がよいのか分からぬ。が、やはり好きな者はいるらしく、先ほどから何人かの下役が伸び上がって籠のなかを覗き込もうとしていた。いささか邪魔ではあるが、咎《とが》めるほどのことでもないのでそのままにしておく。

「まあ、それはお方さまに決めていただくのがよいと思うが」そこまでいって、いくらか声の調子を落とす。「値《あたい》はみな同じか」

「とんでもない」

長寿屋又八が、やけにつよく首を振った。五郎兵衛と入れ違いのようにして昂然《こうぜん》と胸を張る。

「虎……つまり茶色の猫は十両でございますが、そちらの黒は二十両、真白なものにいたっては、五十両と相なります」

「五十――」

不覚にも絶句した。女中の給金が一年で三両ほどだから、十六、七人も雇える勘定である。又八は、

「さよう五十両で」

などとひとりごち、かえって得意げな面もちとなっていた。

「……ともあれ、ご意向をうかごうて参るゆえ、すまぬが暫時《ざんじ》待っていてくれ」

安西主税に命じ、茶と黒の籠を縁側に持ち上げさせる。あ、もうおひとつ、と又八が声をあげたが、聞こえぬふりで通した。

そう刻《とき》もかかるまいと踏んでいたが、どうも目算が違っていたらしい。御広敷へ出向

いた五郎兵衛と安西は、取り次ぎの者に籠を渡したまま半刻ほども待たされている。部屋の隅に端座する女中も、落ち着かなげにあちこち視線をさ迷わせていた。

日はすでに沈みはじめており、西日をさえぎるため窓を閉めているから、室内には息苦しいほどの暑熱が籠もっていた。庭の木にでも止まっているのだろう、すぐ近くで時鳥《ほととぎす》とおぼしき声が大気を揺らしている。

――あれは……。

幾度目かの欠伸《あくび》を嚙み殺しかけたところで、さっと背すじが伸びる。小走りに近づいてくる足音が耳に留まったのだった。それも、ひとつではないように思える。安西に目を向けると、やはり聞こえていたと見え、すでに居住まいをただしていた。

待つ間もなく襖《ふすま》が開き、茜《あかね》色の帷子《かたびら》をまとった三十すぎの女があらわれた。日ごろお目にかからぬとはいえ、顔くらいは知っている。お熙の方に紛れもなかった。おもわず首をすくめたのは、どこか幼さの残る丸顔から血の色が失せ、肩から指先にかけて小刻みに震えていたからである。

こちらが口を開くまえに、もうひとつの足音が駆け寄ってくる。蒼ざめた峰尾が開いたままの襖から飛びこみ、お熙の方と五郎兵衛たちのあいだに分け入った。ご正室のほうを向き、なだめる体《てい》でかぶりを振る。が、隙なく整えられた銀髪を押しのけるようにして、甲高い声が飛んだ。

「だれが替わりの猫を連れて来いと申したっ」

安西主税がびくりと肩を震わせる。五郎兵衛自身はかろうじて抑えたものの、宜《むべ》なるかなと感じるほどの激しさだった。よもやとは思うが、お手討ちにでもされかねぬ勢いである。

「お方さま――」

峰尾が困惑に塗られた声を洩らす。ながい付き合いになるが、これほど慌てているのは見た覚えがなかった。お熙の方は童女のようにいやいやをすると、

「万寿丸でなければならぬのじゃっ」

御広敷をつらぬくほどの声を張りあげる。こんどは五郎兵衛も身を竦《すく》ませてしまった。

「屋敷におらぬなら、外を探しなされ。きっと言いつけましたぞ」

こちらが呆然となっているあいだに、ことばを叩きつけて背を向ける。峰尾はすまなげな眼差しを投げてきたものの、何か言い残す暇さえなく、いそいでご正室の跡を追った。控えの女中は胆を奪われたような表情を隠すこともできず、端座したまままぶるぶると体を震わせている。

われに返ると時鳥の声が大きさを増し、あたりへ染み渡るように広がっていた。途切れなく響いていたのだろうが、お方さまに気をとられ、耳へ届かなかったらしい。ひとことお答えする間もなかったな、と思った。

視線を滑らせると、面を伏せた安西が唇を嚙みしめている。腿のうえで握りしめた拳が、はっきりと揺れていた。

三

ご正室じきじきの命《めい》とあっては無下にできるはずもない。差配方全員でただちに藩邸から飛び出し、手分けしてあたりを探しまわったが、ほどもなく日が暮れてしまう。めぼしい手がかりを得ることはできなかった。

詰所へ通じる廊下を歩んでいると、入り口のところに見覚えある影が佇んでいる。薄闇を透かしてさし覗くまえに、亀千代ぎみの側仕えである橋崎泰之進《はしざきたいのしん》が近づいてきた。

「ちょうど奥からの言伝てを仰せつかりまして……」

この男の顔色が悪いのはいつものことだが、ひとときごとに濃さを増す暗がりと混ざり合い、いっそうくすんで見える。こちらから問い返すまでもなく、聞き取りにくい声でぼそぼそとつづけた。

「明日より五日のうちに、必ず万寿丸どのを見つけ出すべしと」

「……うけたまわりました」

胸の底から抑えきれぬ吐息がこぼれたものの、そう応えるほかない。こころもち頭を下げた橋崎が、何卒《なにとぞ》よしなに、とだけ残して踵《きびす》を返す。二、三歩すすんだところで、

「橋崎どの――」

呼び止めて手短かに耳打ちした。相手は迷惑げに眉をひそめたものの、

「心得ました。では、後ほど」

言い置いて、今度こそ足早に去っていく。振りかえると下役たちが背後に固まり、各々《おのおの》さまざまな思いの籠もった目でこちらを見つめていた。野田弥左衛門が、不安げな面もちもあらわに口を開く。

「もし見つけられずば、いかがなりましょうか」

やはりそこが気にかかると見え、うなずく下役が何人もいる。五郎兵衛はみなの顔を見渡しながら、おもむろに発した。

「まず切腹ということはあるまいが――」

そもそも、ご正室にそのような権限はない。とはいえ、あの様子では何を言いだすか分からなかった。大久保家老あたりが体を張っておのれを守ってくれるとも思えない。

「万一ご無体《むたい》な仰せあらば」迫水新蔵が一歩踏み出していう。目にひどく真剣な光をたたえていた。「差配方みなで抗議の連署を上申してはいかがでしょう」

おおそれはよい、と何人かが声を揃える。野田が眉宇《びう》を曇らせたのは、またこの男に良いところを取られた、と感じたのか、危ないことに巻き込まれるのを恐れたのか、どちらか分からなかった。いずれにせよ、その方向へ突き進んではまずい、と思ったところへ、

「無体というなら」安西主税がぼそりと声を洩らす。「どうでも猫を探せという仰せ自体が無体極まりますが」

的を射たともいえることばに、下役たちが絶句する。が、じき先に倍する勢いで、いかにもさよう、という声が皆の口から迸《ほとばし》り出た。

広がりそうになる波を感じ、五郎兵衛は鎮まれというふうに右手を挙げる。つかのまひるんだ安西が、次の瞬間かえって身を乗りだしてきた。

「いくら何でも屋とはいえ、猫を探しまわるためにお扶持《ふち》をいただいておるわけではございますまい」

「亡き父が申しておったことだが」若侍のことばへ被せるように告げる。「勤めというは、おしなべて誰かが喜ぶようにできておると」

「…………」

虚を衝かれたふうな面もちを浮かべ、安西が立ち尽くした。いつぞや五郎兵衛が口にしかけたことはこれかと気づいたのだろう。他の下役たちも口籠もったり俯いたりと、いちように気勢を殺《そ》がれた体となる。五郎兵衛は目尻を少しゆるめてつづけた。

「われらの肚はともかく、万寿丸……どのが見つかれば、お方さまは喜ばれよう。このお役、まるきり無駄というわけでもない」

差配方たちのあいだを重い沈黙が滑ってゆく。安西も顎に手を当てて考え込んでいるようだった。ややあって、野田が進み出る。

「……承知いたしました。と申しますか、いずれにせよ、お探しするほかございませなんだな」

「まあ、そうだの」

つい笑声を洩らすと、下役たちのあいだにいくぶん安堵したような空気が流れる。安西もわずかながら頬の強張りを解いた。五郎兵衛は間を置かず、座を見渡して命じる。

「――では、さっそく菅波《すがなみ》どのを呼んでもらおうか」

四

広げた紙の上へ身を乗り出すようにして、五十がらみの男が筆を走らせている。なめらかに線が引かれ、待つほどもなく一匹の猫が生まれ出た。絵師の筆さばきを見守っていた女中たちも、そろって嘆声をあげる。

「上手いものじゃの」

おもわず五郎兵衛が唸ると、

「これが務めでござりますゆえ」

菅波景賀《けいが》が微笑を返す。お抱えということもあるだろうが、絵師にしては気むずかしいところがなく、付き合いやすい男だった。

先刻、橋崎に頼んで、万寿丸の世話係だった女中たちを御広敷へ集めてもらったのである。やみくもに虎毛の猫を探すより、似せ絵くらいあった方が役に立とうと考えたのだった。女中たちから万寿丸の風体をくわしく尋ね、菅波が絵に起こしている。最初はどこかおどおどしていた女たちも、しだいに重い口をひらき、猫の特徴を教えてくれた。何枚かの下書きを経て、完成が近づいている。

「これでよろしゅうございましょうか」

筆を止めた菅波が、女中たちを見まわして尋ねる。三人の娘は真剣な面もちで絵に見入っていたが、しばらくして、

「先ほどはそっくりと思うたのですが」

ひとりが言いにくそうに告げた。

「そういえば」

あとの二人もつづけて首をひねる。菅波の温顔がかすかに曇ったのは、やはり面へ出さずとも、絵師としての矜持《きょうじ》が内奥に脈打っているということだろう。

「はて、何が足りぬのでございましょう」

問いかける声もやさしげだが、いくらか固くなっているようだった。

「いえ、はっきりとは分かりませぬが……でも、どこか違うような」

こんどは女中たちの方が、途方に暮れた体でこうべを傾げている。万寿丸の面ざしなどほとんど覚えていないから、五郎兵衛にも助け舟が出せなかった。おのれの膝がしらを見つめ、腕組みしたところに、

「――万寿は、もう少し齢を取っておる」

襖が開き、小さな影が部屋の中央へ進み出る。顔を上げるまでもなく、神宮寺《じんぐうじ》藩の世

子・亀千代ぎみと分かっていた。一座の者が手をつき、低頭する。若ぎみはゆっくり腰を下ろすと、

「かの猫は、たしかに手入れの行き届いた毛並みをしておるが」まっすぐな眼差しを絵のなかの虎毛にそそいだ。「いますこし脂が抜け、縮んだ感じがする」

なるほど心得ました、と応じた菅波が、あらためて筆を執る。若ぎみを前にして気も昂《たか》ぶっているのか、たちまちと感じるほどの速さで新しい似せ絵を描き上げた。先刻のものと比べ、万寿丸がぜんたいに萎《しぼ》み、艶が落ちたふうに感じられる。

「ああ、たしかにこのようでござりました」

女中たちがほっとしたような声を立てる。菅波も安堵の息を吐いていた。五郎兵衛は亀千代ぎみに向かって、ふかぶかと腰を折る。

「若ぎみのおかげを以ちまして、万寿丸……どのの似せ絵が成りまいた。まことにありがたく存じまする」

「いや……」亀千代ぎみが憂わしげに瞳を伏せた。「母が無理を申して、相すまぬと思うておる」

そのまま立ち上がり、呼び止める間もなく奥へ戻ってゆく。常なら近況のひとつふたつ話してゆかれるところだが、若ぎみなりにお心を痛めておられるのだな、と思った。

女中たちが亀千代ぎみの跡を追うように奥へ戻ってゆくと、にわかな静けさが御広敷を覆う。五郎兵衛はそれどころでなかったが、すでに夕餉《ゆうげ》どきも過ぎた時分である。生

ぬるい闇があたりに広がり、菅波が紙や筆を片づける音だけが、やけにくっきりと耳の底を打った。

「では、これを」

絵師が両手で猫の絵を持ち上げ、捧げる体で渡してくる。

「いや、そのことじゃが」

受けとりながら、五郎兵衛が口ごもる。苦笑を浮かべた菅波が、ひとりごとめかしていった。

「もう何枚か描けと仰せで」

「察しがよくて助かる」言いざま頭を下げた。「明朝までに十枚、明日中にあと二十枚は仕上げてもらいたい」

そろそろと面を上げると、菅波は唖然とした表情をはっきりとたたえていた。目が合うと、呆れたようでもあり困惑したようでもある、なんとも言いがたい笑みを返してくる。

「この齢にしては、なかなかきついお申し付けですな」

「……来年は購《あがな》う絵具の質をあげよう」

あえて、いたずらっぽい口調で告げる。菅波も、おもわずといった体で笑声をこぼした。

「では、それを心もちの拠りどころとして、どうにか」

「痛み入る」

今いちど絵師に向かって、こうべを垂れる。菅波が笑みをおさめていった。

「早う見つかるとよいですな、万寿丸……どのですか」

「いかさま」

みじかく応え、いくども首肯《しゅこう》してみせる。菅波のことばに深い意味はなかろうが、万寿丸がそれなりの齢であるなら、若い猫より万一のことは起こりやすくなる。亀千代ぎみのためにも急がねばならぬ、と声には出さずつぶやいていた。

五

日が昇っていくらも経っていないが、玄関さきには、すでに肌を灼くような日ざしが降りそそいでいる。正面に覗く木槿《むくげ》は薄い紫の花弁を陽光にさらしているが、はやくも渇きを訴えているふうに見えた。

「お勤めご苦労さまでございます」

見送りに出た七緒《ななお》と澪《みお》が框《かまち》に端座し、両手をつく。五郎兵衛はうなずきながら、口早に告げた。

「では、頼うだぞ」

「心得ましてございます」

娘たちの声がそろう。七緒が手もとの紙片を膝にのせ、眼差しを落とした。昨夜、菅波が仕上げた万寿丸の似せ絵である。新たな十枚は、そろそろ詰所に届いているはずだった。

表へ出ると、下男の捨蔵《すてぞう》がくだんの木槿に水をやっている。朝からお暑うございますなぁと呑気な声をかけてくるから、なに、暑いのはこれからじゃ、と返して歩をすすめた。

不幸中のさいわいというべきか、万寿丸の行方探しはご公儀の聞こえをはばかるたぐいのものでもないから、娘たちにもわけを話し、手が空きしだい探索にくわわってもらうこととした。今朝あがってくる似せ絵は市中をさがす差配方のためだが、残りは出来上がり次第、御用商人などに配るつもりでいる。やはり七万石の体面というものはあって、道ゆく町人に片端から手渡すわけにもいかなかった。

万寿丸は全身をつややかな茶の毛並みに覆われている。痣《あざ》とか斑《ぶち》といった分かりやすい目印がないのは難儀だが、それらしき虎毛を一匹ずつ捕まえてゆくしかないだろう。

藩邸の総門を出ると、待ち合わせていた安西主税がすでに控えている。似せ絵は持っているということだろう、おもいのほか落ちついた顔つきで懐《ふところ》を押さえてみせた。

一夜明け、若侍がどういう心もちになっているのか気にはなったが、いずれにせよ、一から十まで得心できる勧めなど、あるわけもなかった。あらためて話をするでもなく、海鼠塀《なまこべい》に沿って歩きはじめる。長寿屋から購った猫用の籠は安西が抱えていた。

無縁坂をくだると、不忍池とは反対のほうへ足を向ける。五郎兵衛たちは湯島界隈を当たる割り振りとなっていた。武家屋敷の脇を抜け、明神下の通りに出る。神田明神と聖堂に囲まれた一郭は、ふだんとかわらぬ人出でにぎわっていた。人がこれほどいるのだからと期待したくもなるが、こんなときに限って犬猫の姿が目に入ってこない。猫の子一匹見当たらぬとはこのことかと、はやくも暗澹たるものが胸に押し寄せてきた。

「お参りしていくか」

明神さまの前を通りながら境内へ顔を向ける。昼にはずいぶん間があるが、鳥居の向こうに覗く楼門の屋根が、燃え立つような光を撥ねかえしていた。老人から童《わらべ》まで、おどろくほど多くの人影がそこを潜って本殿の方へ足をすすめている。

「神頼みでございますか……」

安西主税がいくぶん落胆したふうにいった。見通しも立たぬまま、江戸の総鎮守に縋るものと思われたらしい。さようなつもりはなかったが、目途が立たないのはたしかだった。苦笑を呑みこみながら、わざと声を高める。

「頼んで見つかるものなら、それもよかろう」

若侍が途方に暮れた面もちとなるのをよそに、鳥居の内へ入ってゆく。安西が追ってくるらしい足音が耳を叩いた。

境内には楊弓場《ようきゅうば》や水茶屋も何軒となく並んでいる。客引きが盛んに声をかけてきたが、さすがにそこまでくつろぐつもりはない。手水舎《ちょうずや》で清めの水をそそいでから、本殿に向から。鈴を鳴らして手を合わせていると、若侍も隣に並んでこうべを垂れた。万寿丸がぶじ見つかるよう祈ったが、つかのま考え、ご正室の心もちが平らかでありますようと口中で付けくわえる。

踵を返すと、参道の方から勢いよく駆けてきた五、六歳の童とぶつかりかける。避《よ》けた拍子に足もとが傾ぎ、不覚にも尻もちをつきそうになった。母親らしき町人が追いつき、血相変えてあやまるのへ、

「いやまあ、おたがい怪我がのうてよかった」

などと応える。母子を見送り、ひと足踏み出したところで、

「あっ」

背後から頓狂な声があがった。振りかえると安西主税が手水舎のあたりを指さし、

「あそこに」

震える声を洩らす。片手に、くだんの似せ絵を摑んでいた。引きずられるように目を飛ばすと、水盤の陰から猫が一匹、横顔を覗かせている。齢までつぶさに見分ける自信はないが、けっして若くはない虎毛であると思えた。

「早速ご利益があったの」

「いくら何でも早すぎませぬか」

眉をひそめる安西に、疑っている場合でもなかろう、とささやき摺《す》り足になる。

若侍に目くばせし、音を立てぬよう二歩三歩とすすんだ。こちらに気づいた猫がすば

やく身をひるがえす。五郎兵衛は、覆いかぶさるように飛びかかった。

次の瞬間、右手の甲に突き刺すような痛みを感じている。抱きかかえようとした刹那、虎毛が前足を浮かせ、爪を立てたのだった。五郎兵衛が怯《ひる》んだ隙に、今度こそ背を見せ駆け去ってゆく。

「――よし、こっちだ」

そのまま、待ちうけていた安西主税の腕へ飛びこむ格好となった。さいぜんの目くばせが意味するところを呑みこんでくれたらしい。まわりの参拝客がおどろき集まるほどの声をあげ抗っていた虎毛だが、安西が器用に抱いて喉を撫でてやると、にわかに大人しくなった。

「慣れたものじゃな」

手水舎の柄杓《ひしやく》を取って傷口を洗いながら、なかば呆れたような声をかける。安西はとくに誇るでもなく、唇もとをほころばせた。

「遠縁に猫好きの者がおりまして、しぜんと扱いを覚えました。こう見えて、猫は得意な方で」

「それはこの際、重宝至極――」声を弾ませかけたところで、溜め息がこぼれる。「が、できれば先に言うてほしかったな」

夕刻まで湯島界隈を探しつづけたが、ほかにそれらしき猫と出くわすことはなかった。

藩邸に戻ってみると、詰所が目を覆うような有りさまとなっている。部屋いっぱいに籠が並べられ、なかに入れられた猫たちの啼き声で、まともに話をかわすこともできないほどだった。

窓は開け放ってあるが、糞尿の臭いが隠しようもなく籠もっている。あちこち粗相されたらしく、顔や手に大小さまざまな傷を負った下役たちが、板張りの床にかわるがわる雑巾《ぞうきん》をかけていた。

「……ともあれ、お方さまにご覧いただかねばな」

五郎兵衛がひとりごつと、はたしてお分かりになるかの、というふうなささやきがいくつもこぼれる。どの声も不満と気だるさに満ちていた。無理もない。仮にいちどは納得したとして、いざ疲労に満ちた一日が終われば、他人の喜びよりおのれの苦に目を向けるが人というものであろう。それを責める気はなかった。

安西だけが打ってかわって上機嫌になり、籠からおのれのつかまえた虎毛を引っ張り出して遊んでいる。奥へ連れていくというと、あからさまに名残惜しげな面もちを浮かべ、渋々といった体で手放した。

下役たちに籠を持たせて御広敷のほうへ向かう。奥で粗相されたら仕事が増えてしまうから、庭に控えて縁側からご覧いただくこととした。籠を十ほども据え終わったところで五郎兵衛と野田、迫水だけが残り、お出ましを待つ。夕まぐれのこととて、雲の広がる空を破り、橙《だいだい》色の日が差しこんでいた。斜光のなかに黒い塊がうごめいていると

思ったら、唸るような音をあげて蚊の群れが湧き立っている。閉口しながらたたずんでいると、

「――お成りでございます」

峰尾とおぼしき張りのある声が起こり、縁を踏む足音が近づいてきた。

先導する者たちを押しのけかねぬ勢いで、お熙の方が歩を進めてくる。藍色を帯びはじめた大気をへだてていても、上気した頰の色がはっきりと窺えた。

「見つかったか」

絹るような気配が高い声に含まれている。それに驚いたわけでもあるまいが、籠のそばを這っていた蜥蜴《とかげ》が急に足どりを速め、薄暮のなかへ消えていった。

「まずはご検分願わしゅう」

五郎兵衛が合図すると、迫水がひとつめの籠を開ける。いきなり飛びだすかと身がまえたが、暴れ疲れたのか、かえって出てこようとしなかった。籠ごと持ち上げてお見せするか、と思案するうち、お熙の方がいきなり膝をつき、身を乗りだして猫のほうへ首を伸ばす。下手をすると、そのまま縁から転がり落ちそうな体勢となっていた。

「お方さま」

峰尾があわててかたわらに跪《ひざまず》いたが、見向きもせぬ。ひとことも発さぬまま、食い入るように籠のうちへ見入った。控えるこちらが居竦んでしまうほど、瞳に真剣な光をたたえている。

それだから、しばらくのち、

「ちがう」

かぶりを振られたときは、落胆半分、ようやく息をつける安堵が半分という有りさまだった。野田や迫水も同じらしく、いちように虚脱した面もちとなっている。

そのまま一匹ずつ虎毛をお検《あらた》めいただいたが、

「万寿丸に相違なし」

のひとことは、ついに聞くことが叶わなかった。肩が落ちそうになるのを堪えていると、

「引きつづき、探してくりゃれ」

頭上からお方さまの声が降りかかる。苛立ちと悲痛さが混じり合ったふうな響きだった。むろん、

「承知いたしました」

と応えるしかない。低頭しているうち、衣擦れの音とともに足音が遠ざかっていった。

ご正室の気配が消えたのを確かめ、面をあげる。ひとり残った峰尾が、戸惑いの色を顔いちめんに湛えていた。ふだん厳しげな表情の多い相手だから、こんな折ながら、めずらしいものを見たと、どこかしら得をした気がせぬでもない。隙を突くわけではないが、気にかかっていることを口に出してみた。

「お方さまは、なにゆえ万寿丸……どのに、あれほどのご執心を」

野田と迫水が同意をあらわすように顎を引く。峰尾はためらいの影を見せていたが、じき観念した体で縁側に膝を下ろした。あたりの暮色が濃さを増すにつれ、籠のなかで猫たちの啼き声が高まってゆく。その音を掻き分けるように峰尾が唇をひらいた。

「お方さまにとって、彼《か》の猫はお身内も同然」

御年寄のことばを咀嚼《そしやく》するごとく、小刻みに首肯する。五郎兵衛自身は実感に乏しいが、わが子のように犬や猫を可愛がる者も多いという。何代か前の公方さまは生きものをだいじにせよとお触れを出したくらいだから、さほど不思議はなかった。お熈の方もそうしたひとりなのかと思ったが、

「いえ、むしろお身内以上やもしれませぬ」

峰尾は眉を寄せ、沈痛な面もちとなる。「守り本尊とでも申し上げたら、よろしいでしょうか」

「さは一体……」

おぼえず目をひらく。むだに大仰な物言いをする女でないことは分かっていた。峰尾がひとことずつ吟味するふうな口ぶりで話をつづける。

万寿丸が飼われるようになったのは、十二、三年もまえのことらしい。和泉守正親との婚約は幼女のころに整っていたが、ようやく齢ごろとなり、お輿入れの運びとなった。嫁ぐ娘の慰みにと、実家の父母がお供のごとくつけてきたのが彼の虎毛だという。

そうした次第だから、お熈の方が万寿丸を愛《め》でることはひとかたでない。おそば去ら

ずということばそのまま、つねにかたわらへ置いていた。近ごろでは齢をかさねた猫を気遣い、冬など火鉢を二つ三つと部屋に入れさせるほどである。女中たちは汗まみれとなって難儀していたらしい。

——そうか……。

そっと拳を握りしめる。なにが大切かは人それぞれということだろう。遠国から嫁いで来たお熙の方にとって、万寿丸は父母の分身ともいえる相手なのに違いない。七緒や澪が行方知れずになったとして、かわりにと別の娘を連れてこられたら、相手の正気をうたがうはずである。新しい猫を用意しようなどとした振る舞いを悔やむ気もちが込み上げてきた。おなじことを感じたのか、差しはじめた月明かりのなか、野田と迫水がばつ悪げに目を見交わしている。

ともあれあと四日、考えつく限り探してみよう、と五郎兵衛は思った。

六

「申し訳ございません、お客さまにも伺ったりしておりますけれど、それらしい話はまだ……」

小料理屋〈登美岡《とみおか》〉の勝手口まで出てきたおかみ登勢《とせ》が、しんそこ面目なげな表情でいった。かえって五郎兵衛のほうがあわてて手を振り、何でもないふうな声で返してしまう。

「いや、念のため首尾を聞きに参っただけでな。この界隈に限っても、猫一匹探し出すなど土台むりな話、今日限りで放念してくれ」

でも、と言いかける登勢を制し、足早に門口を離れた。あえて振り返りはせず、のめるように歩を速める。角を曲がって、ようやくひと息ついたが、籠を抱えた右手がひどくだるかった。きょうが約束の日となっている。

梅雨はとうに明けたが、雲の多い空もようがつづいていた。それでいて、時おり地を焙《あぶ》るような日ざしがこぼれ、額のあたりに降りかかってくる。五郎兵衛は、われしらず瞼のうえに手をかざした。

娘たちにくわえ、あの翌日から御用商人に登勢、旧知の道場主・山岸久蔵《やまぎしきゅうぞう》、呑み仲間の門弟たちにも似せ絵を渡して諸方へ目を配ってもらっている。いささか外聞はわるいが、頼れる伝手はすべて使おうと肚を据えたのだった。下役たちはふたり一組を解消し、思い切って三里四方にまで網を広げている。

礼金も一両と張りこんだから、諸方にくばった似せ絵の反応も予想以上だった。が、若い虎毛が連れて来られるのはいい方で、あきらかに異なる毛並みの猫まで持ち込まれて往生している。そのあたりは門番が追い返しているが、条件に合う猫のなかにも万寿丸は含まれていなかった。

捕まえた猫はそのまま留め置いていて、数は三十匹あまりとなっている。お方さまの目に適《かな》わなかった虎毛は目印に首輪をつけて解き放ちましょう、とは迫水新蔵の案で、五郎兵衛も妙策と思ったが、実現はしなかった。

「遠目ではなかなか分かりにくうございますし、まんいち万寿丸どのが他家の養い猫となり首輪などしておられては、見逃すおそれすら」

野田弥左衛門が疑義を呈したからである。迫水の言に難癖をつけたいだけかもしれぬが、言い分じたいはもっともだから、考えたすえ見送ることとした。五日くらいなら持ちこたえられぬものでもないだろう。

結果、藩邸は時ならぬ猫屋敷の様相を呈している。いかになんでも詰所のなかには置き切れぬから、縁側を出た庭先に籠を据えていた。藩士たちは迷惑げに眉を寄せて通りすぎてゆくが、かまっているゆとりなどない。差配方は市中に繰り出しているから、大久保家老や留守居役の岩本へ助力を乞い、手の空いている下士に世話を頼んでいた。猫用の籠が毎日面白いほど売れ、長寿屋だけがよろこんでいる。

口にはせぬが、〈登美岡〉は活きのいい魚を毎日仕入れているから、ひそかに望みをかけていた。池之端から藩邸までの道のりを辿るうちにも、だんだんと足どりが重くなってくる。昨日もやはり集めたなかに万寿丸はおらず、お方さまは不興と落胆もあらわに縁なき猫たちを見つめていた。

刻限はきょうの暮れ六つといわれている。日が傾くには間があるが、早めに戻ろうとしているのは、そろそろ見つからなかったときの手当てを考えねばならぬからだった。

実のところ、すでに望み薄と肚を据えている。道場の面々や娘たちも、猫のいそうなところを手当たり次第にまわってくれているが、差配方がさんざん探してはかばかしい成果を得られていないのだから、そうそう期待はできないだろう。猫のことだから、いなくなったとき同様、ふらと帰ってくるかもしれぬが、ひとが定めた刻限など知るわけもない。いずれ戻るとして、きょうの暮れ六つまでに都合よくあらわれることなど、まずあるまい。

鼻腔をかすめる芳香に、ふと足を止める。目を向けると、寺の門前に咲く梔子《くちなし》が白い花びらを広げ、その奥から甘やかな匂いを発していた。柔らかな刷毛《はけ》で顔を撫でられたような心地を覚えたが、次の瞬間には、唇を引き結んで歩みはじめている。

坂をのぼりきって藩邸に入る。門番の老爺が案じ顔をあらわにして、こちらを見送っていた。よほど沈鬱な表情になっているらしい。われにかえって、指先で眉間のあいだを広げた。こんなとき、下役たちは五郎兵衛の一挙一動に左右される。あまり呑気そうにするのも考えものだが、焦りを見せるのは下策だった。

詰所にはまだ三分ほどの人数しか戻っていない。きょうの戦果とおぼしき籠は庭に出していないから、窓を開け放っても室内は猫の匂いで満ちていた。やはり早めに帰っていた野田弥左衛門が、せわしなく帳面を繰って、ここ数日の推移をたしかめている。こちらはだれ憚《はばか》ることなく焦燥の色を浮かべているから、つい苦笑が洩れそうになった。

こちらに気づいて腰をあげようとする野田をとどめ、向かい合って座につく。わざわざ質すまでもなく、はかばかしい報《しら》せはなかった。捕まえ切ったということもなかろうが、めぼしい猫の数は日ごとに減り、きょうは今のところ二匹しか見つかっていないという。うなだれる副役に、

「まあ、腹を切るようなことにはならぬよ」

と声をかけ肩を叩いた。実際そうはなるまいと踏んでいるが、安堵しているわけでもない。切れと詰め寄られることなら充分あり得る。むろん愉快とはいいがたいし、ご正室をなだめるため、お役御免くらいにはならぬものでもなかった。どうにかして差し上げたい心もちに嘘はないが、きつい咎はなるだけ避けたいと思うのも人情だろう。

するうちにも、下役たちがひとりふたりと詰所に戻ってくる。引っ掻き傷を負うて猫の入った籠をかかえている者は数人というところで、大半は無言のまま、沈んだ面もちを伏せて五郎兵衛に低頭するのだった。

夕ぐれの気配が広がるころになっても、大勢はかわらぬ。ぎりぎりまで粘っていたらしく、最後に帰ってきたのは迫水、そのひとり前は意外なことに安西主税だったが、結果はどちらも顔を見るだけで分かった。

「……では参るとしようか」

おのれへ言い聞かせるように発しながら、膝を起こす。いつになく腰が重いと感じるが、延々ここに座っていることもできなかった。

野田と迫水、安西に籠を持たせ、中庭をまわって奥へ向かう。池のほうから湿った匂

いがただよい、蛙《かわず》の声が聞こえてきた。それに和したわけでもあるまいが、籠のなかで猫たちが啼き声をあげる。時ならぬ響きが渦となり、耳の奥で転がりだすようだった。

五郎兵衛たちが庭先に籠を置くのと、お熈の方や峰尾が縁側にあらわれるのは、ほぼ同時だった。ご正室は期待半分、苛立ち半分といったようすで、手にした扇子を落ち着かなく動かしている。昨日はあれを投げつけられたな、と思い出した。

峰尾が不安げな表情を隠しきれぬまま、うながすふうな目を向けてくる。五郎兵衛は、ひとつめの籠をみずから開けた。飛び出しそうになる虎毛の胴を抱きとめ、あたりに滲んだ橙色の日ざしへ掲げるごとくご正室にお見せする。

一座の視線がお熈の方にそそがれる。日ごろなら無礼を咎めるはずの峰尾じしんが、ひとときも眼差しを逸らすことなく、あるじを見守っていた。

ほとんど睨むように虎毛を見やるご正室の表情がしだいに翳《かげ》り、落胆と瞋《いか》りが面を覆う。こちらが目を伏せるより早く、

「ちがうっ」

甲高い叱責が飛んだ。

はっ、と答えて籠のなかに戻す。間を置かず、迫水が次の虎毛を抱えていた。みな、この数日ですっかり猫のあつかいが上手くなっている。

が、迫水のお見せした虎毛にも、ご正室は首を横に振られた。網を広げたにもかかわらず、あるいはそれが裏目に出たのか、今日はもともと成果がすくない。のこりの籠は

三つしかなかった。

額に浮かんだ汗を夕べの風が撫でてゆく。頭の芯がふらつきそうになるのを懸命にこらえた。野田、そして安西が一匹ずつ猫をお見せしたが、ご正室の面もちが晴れることはない。だれもことばを発しはせぬが、居並ぶ面々の息が忙《せわ》しさを増してゆくとはっきり分かった。

五郎兵衛の掌も、いつしかぬるりとした汗にまみれている。あらかじめ決めているわけではないが、差配方の面々はひとめぐりしたから、最後に籠を開けるのはおのれということになりそうだった。

わずかながら、はっきりと指さきが震えている。これが辻講釈なら最後の猫を出したところで、

「おお、これぞ万寿丸」

などといって、お方さまの眉が晴れることもあるだろう。が、それはあまりに都合のいい想像と思えてならなかった。

——とはいえ、浮き世は思いがけぬことだらけよ。

唱えるように心中で繰りかえす。粘り強いのか諦めがわるいのか自分でも分からないが、いずれにせよ最後の猫をお目にかけぬという法はない。いちど深く息を吸った。心もちを落ち着かせるつもりだったが、夏草の匂いが鼻腔へ飛びこみ、噎《む》せそうになる。

「では——」

発した声が、われながら驚くほど低かった。籠に手をかけ、蓋を開ける。駆けだしそうになった虎毛をかかえ、お方さまへ向けて差し出した。

一匹目をお見せした時より、大気を染める藍色が濃さを増している。お熙の方は五郎兵衛の抱いた猫を縁先からもどかしげに窺っていたが、やがて二、三歩踏み出すと、

「あっ」

「お方さまっ」

裸足のまま庭に下り、こちらへ近づいてきた。五郎兵衛たちも胆を奪われ、そろって跪く。吸う息吐く息が分かるほどのところまで来ると、ご正室は吟味するような具合に目を細め、最後の虎毛を見つめた。気迫に押されたのか、猫が五郎兵衛の腕先でもがきながら啼き声をあげる。お熙の方は怯むようすもなく視線を注いでいたが、やがてはっと瞳をひらいた。薄く小さな唇から、

「おお」

と声が洩れる。おもわず胸の奥が跳ねた。

――よもや。

と身を乗りだしそうになる。気がつくと、差配方の者たちも、なかば腰を浮かせていた。

ご正室は、いっそう顔を突き出して猫の面に見入る。一座のものは、ことばもなくそのさまを見守っていた。

風が通りすぎたのだろう、さわりと松の梢《こずえ》が鳴る。と、それを合図にしたかのごとく、お熙の方がふかい吐息を洩らした。

「――いや、これも違う」

夕闇よりも濃い落胆が皆の面に広がる。五郎兵衛の手から力が抜けたのを察したらしく、虎毛が身を揉んで逃がれた。夏草を踏む音とともに地へ降りると、尻尾を見せて駆け去ってゆく。捕まえるべきかと思ったが、もはや必要ないともいえる。頭も軀《からだ》も沼地に沈み切ったかのようで、いささかも動こうとしなかった。

おそるおそる視線を上げると、広がる藍色の向こうでお方さまの面がはっきりとわないている。まるで帰り道を見失った童女のごとく見えた。なんと声をおかけしたものか惑うているうち、ご正室が何かに引きずられる体で膝をつく。うなだれた唇もとのあたりから、すすり泣くような声が洩れた。

やはり、このお方にとって万寿丸は替えの利かぬ相手なのだな、ということが痛いほど伝わってくる。できればどうにかして差し上げたいが、際限なく付き合うわけにいかぬのも、まことだった。

「探して……」

伏せたままの顔から押しだすような呻きがこぼれ、高まってゆく。「明日からも、また」

それは、と五郎兵衛が口を開くより早く、

「――母上」

縁先にあらわれた小さな影が、そのまま庭へ下りてご正室のそばに寄り添う。亀千代ぎみに相違なかった。跪いて母の肩に手を置き、摩《さす》るように動かす。百数えるほども繰りかえすうち、はげしく上下していたお方さまの背が、ほんのわずかながら落ち着きを取りもどしたように見える。それにともない、泣き声もすこし小さくなっていった。

「万寿が、万寿丸が」

お熙の方が息子を仰ぎ、縋るような声を迸らせる。亀千代ぎみは摩る手を止めぬまま、哀しげに眉を寄せた。

「かの猫の行方は」言いかけて、つかのま息を詰める。「わたくしが存じております」

ええっ、と大きな声をあげた安西主税を睨《ね》めつけて、五郎兵衛は膝を起こした。薄墨のようになった大気を透かして亀千代ぎみの瞳を見つめる。少年は目を逸らしそうになったものの、堪えてまっすぐに黒い眼《まなこ》を向けてきた。

「……こちらに来てほしい」

そう告げて亀千代ぎみが歩きだそうとするのを呼びとめ、騒ぎを聞きつけ縁側へ出てきた女中たちに履き物の仕度を命じる。お熙の方や峰尾の分まで揃えると、それを履いて庭に下りた御年寄が手拭いであるじの足をぬぐった。まるで赤子を抱くように、何度もやわらかくくるんで土を拭きとる。お方さまは面をあげようともせず、されるがままになっていた。

用意が整ったのを見すまし、亀千代ぎみが先に立って足をすすめる。小高い松のつらなりを縫って、迷いもせず歩んでいった。庭の奥へと向かっているらしい。木々に張り渡された蜘蛛の巣が顔に貼りついたのだろう、安西が上ずった声を立てる。そのたび、野田と迫水が左右からかわるがわる窘《たしな》めていた。

ほどなく若ぎみが歩みを止めたのは、ひときわ丈の高い杉が星空を覆っているあたりだった。蒸し暑さは幻のように消え、うそ寒いほど冷ややかな空気が流れている。いまだかすかに残光のただよう時刻だが、この辺だけひと足先に暮れたかと思うほど闇が濃かった。

「若ぎみ……」

いったい、とつづけるまえに、周囲を見回していた亀千代ぎみが、くだんの杉に近づいていく。根方からおとなの肩幅ほど離れたところを指さし、

「万寿丸はここに」

面を伏せながら告げる。目を凝らすと、そのまわりだけ土の色が変わり、いくぶん盛り上がったようになっていた。

「どういうことじゃ――」

お方さまの発した声が、地へ呑みこまれるように細くなる。膝をつきそうになるあるじを、かたわらから峰尾が支えた。

女中たちのようすがおかしいと若ぎみが気づいたのは、あの日五郎兵衛が呼ばれる二

刻ほど前のことである。蒼ざめて足つきが覚束ないものもいるし、柱の陰にうずくまって泣くものさえいる。一人つかまえてわけを質すと、怯えたようにこうべを振っていたが、じき観念した体で語りはじめた。

昼食を与えようとしたところ、万寿丸の姿が見当たらぬ。お熈の方は夏風邪で寝込んでいたし、峰尾はその看病にかかりきりで気づかなかった。ひそかに手分けして邸内を探したところ、庭の一郭で事切れていたのである。寿命とはいえ、お方さまの執心はみな心得ているから、いったいどのようなお咎めがあるかと、悲愴というしかない心もちで浮き足だっていたらしい。

「母上に内密で埋めよと命じたのは、わたしだ」言いざま、座にいる皆へ向かってふかぶかと低頭する。「すまなかった」

万寿丸は十五歳ほどと聞くから天命だろう。が、日ごろの鍾愛ぶりを思えば、死んだと母に知らせるのは忍びなかった。行方しれずと諦めてくだされればと願ったが、その後の成りゆきは少年の慮《おもんぱか》りをはるかに越えていたらしい。絵師まで呼んで差配方が総出で探しているさまを目にして、胸を灼くような思いに見舞われていたが、ついになす術《すべ》がなくなり告白に及んだのだった。

「――亀千代が浅はかでございました」

若ぎみが唇を嚙みながら、今いちど母のそばに跪く。お熈の方は真っ赤になった瞳を隠そうともせず、息子の顔を見つめていた。

「万寿は母上にとって、ただの猫にあらず。わたくしや父上のように……」

替えの利かない、ということばは、すぐそばで聞こえた。声のした方に目を向けると、安西主税が立ち尽くしたまま、母子を見つめている。そうだな、と返しかけたが、けっきょく口にはしなかった。薄闇にまぎれて、若侍の表情までは分からない。たしかめる気もなかった。

「若ぎみ――」

なんと言おうか決めかねるまま、亀千代ぎみに近づこうとする。そのとき、ご正室の手が伸び、わが子の肩に触れた。若ぎみが、身を固くしてうなだれる。

お熙の方は大きく息を吸うと、そのまま息子の背をゆっくりと摩りはじめた。さいぜん若ぎみがして差し上げたのとおなじ、やわらかな手つきに見える。

五郎兵衛はいちど踏み出した爪先をもどし、無言でお二人を見守った。誰もがことばを発することなく佇んでいる。亀千代ぎみはうつむいたまま、肩を震わせていた。

いつの間にか、か細い月が空の高いところまで昇っていた。日の名残りはもはや跡形なく消え、星の数と輝きがおどろくほど増している。夏の夜とも思えぬさえざえとした空気が、絶えることなく天頂から落ちてくるようだった。

秋《しゅう》江《こう》賦《ふ》

一

　肌を撫でる大気に、心地よい涼味が含まれるようになっている。祭礼というわけでもないのに、昼下がりの神田明神には数多《あまた》の人がひしめき、身動きにいくらか困難を感じるほどだった。

　里村五郎兵衛はつかのま参道から逸れて、眼前の銀杏《いちょう》を仰いだ。さほどの巨樹ではないが、黄に色づいた葉がひどくあざやかなため、じっさい以上に大きく見える。一瞬だけつよい風が吹き、葉叢《はむら》がざわと揺れた。

　参拝をすませたのか、本殿の方からおのれと同じ年ごろの武士がひとり近づいてくる。浅黒い顔をあげ、まっすぐ歩んでおり、こちらに目を向けてはいなかった。

　それでいて気づいてはいるらしく、わずかに歩度をゆるめたのが分かる。参道の真ん中を進んでいるから、五郎兵衛とのへだたりは二、三間というところだった。

横目で見守るうち、武士の懐から何か小さなものが転がり落ちる。そのまま気づかぬ風情で通り過ぎていった。

銀杏のかたわらを離れ、本殿に向かいながら、さりげなく腰をかがめる。男が落としたものを拾ってすばやく懐に入れた。手ざわりで紙片と見当をつける。それなりに重みがあったのは、風に飛ばされぬよう石をくるんでいるのだろう。

そのまま参拝をすませ、本殿脇に吊るされた絵馬のまえに立つ。懐手をする体で紙片を取りだした。顔は絵馬に向けたまま、掌へ眼差しを落とす。ぞんがい達筆な文字で、

「無につくが　よし」

とだけ記されていた。おぼえず眉をひそめる。

紙片を落とした男は目付のお役を務める者で、彦坂繁蔵《ひこさかしげぞう》という。細々ながらつづけている五郎兵衛とちがっていまは来なくなったが、かつては湯島・山岸道場の同門でもあった。ともに家職を継いで長く、お役目上のつながりも多いから、家中でも親しい部類に入る。

とはいえ、このような呼びだし方をされたのは初めてのことである。用があれば詰所へ来ればよいことだし、げんにこれまではそうしていたのだった。今朝がた、ひとが動きだすまえに使いを寄越し、この時刻、ひそかに神田明神へおもむくよう言われたものだが、紙片の文言といい、やりようといい、面妖というほかない。

――無につくがよし……。

まるで禅問答だが、仏の教えについて語りたいはずもあるまい。なにか公《おおやけ》にできぬことがあり、たやすく分からぬかたちで伝えてきたものと思われた。この紙片が万一ほかの誰かに拾われたときのことも考えているのだろう。

にわかには見当もつかぬが、いつまでも絵馬を眺めているわけにもいかぬ。踵を返して鳥居のほうへ向かった。するうちにも、新しい参拝客がつぎつぎと楼門をくぐってくる。

五郎兵衛は人波に呑みこまれぬよう気をくばりながら爪先をすすめた。もどれば左官職との打合せが待っている。きょうは海鼠塀の塗り直しについて相談することとなっていた。

二

「殿の病は、いかがなことになっておるのでございましょう」

進藤左馬之助《しんどうさまのすけ》が椎茸の味噌焼きをつつきながらいった。目の縁がほのかに赤くなっているのは、知らぬ間に盃をかさねたのだろう。こちらも考えることが多々あるから、ほかの者の呑み具合まで見ていなかった。

「悪しゅうなっているという報せは来ておらぬが……」

生返事をかえしていると、ふだん半畳を入れるのが得手な上野彦九郎《うえのひこくろう》がめずらしく案じげな面もちを浮かべている。この男の国もとでは、先年代替わりがあった。やはりそれなりの騒ぎはあって、家中を二分する対立が生じかけたと聞いているから、その折のことを思い出しているのだろう。道場主の山岸久蔵だけが泰然としたようすを崩さず、盃を干していた。

小料理屋〈登美岡〉の小上がりである。久方ぶりに呑み仲間が揃ったため、稽古のあと訪れたのだった。

間を見はからっていたかのように、おかみの登勢が鯵《あじ》の皿を持ってくる。あらかじめ薄く醤油を塗ったうえで焼いたらしく、香ばしい匂いがあたりに広がっていた。

箸で身をほぐし、おろした大根と合わせて口に入れる。鯵の脂と大根の苦みがよい按配に混ざり合い、吐息をこぼしたくなるほどの旨さだった。

眼差しを上げると、登勢が満足げな笑みをたたえている。板場のほうへ目をやって、

「お滝《たき》が――」

というかたちに唇を動かした。ほう、と声をあげそうになる。山岸だけはふたりのやりとりに気づいたらしく、かすかに眉を動かしたものの、素知らぬ風で盃を口にはこんでいた。

神宮寺藩邸の女中だったお滝がこの店に雇われて数ヶ月が経っている。最初は洗い物をしていたはずだが、近ごろでは時おり料理のほうを手伝わせていると聞く。いまの鯵もお滝が焼いたものらしい。女の料理人にはまずお目にかからぬが、この店はおかみの

こしらえる先付けが呼び物だし、さほど奇異なことでもないのだろう。

やはり旨い旨いとひとりごちていた進藤は、何か思い出したらしい。登勢が下がってゆくと、急に声をひそめていった。

「里村さまは」いくぶん、ためらうような気配を見せたが、そのまま続ける。「妖《あや》しの噂をご存じでしょうか」

「妖し……」

反芻する体でつぶやくと、ようやくふだんの調子を取り戻した上野が、

「ぞっとする話は応える季節でござるな」

すかさず軽口を叩いた。苦笑でまぎらした進藤だが、すぐ真顔に戻ると、聞いた話ですがと断って語りはじめる。

半月ほど前から、神宮寺藩邸のまわりを得体のしれぬ影が徘徊しているとの噂が飛びかっている。本郷の上屋敷だけでなく、中屋敷や下屋敷詰めの者も目にしているという。元亀天正のころ御家に滅ぼされた者どもの怨みが人がたとなったのでは、と怯える声も出ているらしい。

「まあ、遡れば怨みをこうむっておらぬ武家などあるまいが」

それまで黙々と酒の味を楽しんでいた山岸が、ぽつりとつぶやく。さはいえ、なにゆえ今ごろ、と付け加えた。

「まったくもって、その通りで」

進藤が、ばつの悪さをまぎらす格好で盃を弄ぶ。そういえば、われらが上屋敷にも開かずの間なるものがござってな、と上野彦九郎がいったが、おどけた口ぶりではなかった。日々を送るうえで実感は乏しいが、あまたの血を塗り重ねて築かれた今の世ということに思いを致したのかもしれない。

呑み仲間のやりとりをよそに、五郎兵衛の手は先ほどから止まったままでいる。さほど妖異のたぐいを信じているわけではないが、幾人も見たものがいるなら、ただの思い過ごしと切り捨てるわけにもいかぬ。彦坂から渡された書き付けの件も頭に伸しかかっている折だが、気にかかることは重なりがちなものだ、と思った。

三

江戸家老の大久保重右衛門に呼ばれたのは、〈登美岡〉で道場仲間と盃をかわした数日後である。中庭の柿が色つやを増し、じき取りごろと見えた。中間たちに捥《も》がせるとしたら四、五日後かと見当をつけながら濡れ縁を歩いていると、執務部屋の障子がひらいて、家老の側近・波岡喜四郎《なみおかきしろう》が姿をあらわす。なにか言いつかって退出するところ、という風情だった。

黙礼して通りすぎようとすると、擦れ違いざま、

「そろそろ肚の据えどきでござる」

と声を投げられる。おどろいて振り返ったが、長身の背中がものも言わず遠ざかってゆくだけだった。質したいとは思ったものの、追い縋ったところで答えを返してくれる相手ではない。気を取り直して部屋のほうへ歩みをすすめ、外から声をかけた。

みじかい応えをたしかめてから、障子戸を開く。透き通った秋の日ざしが家老の分厚い肩に降りそそいだ。いつもと同じ不機嫌そうな面もちを崩そうともしていない。これも常のことだが、十二畳ばかりのひと間には当人の姿しかなかった。用がある者だけいればいいということなのだろう。皮肉な話だが、こういうところは政敵の岩本とよく似ている。

「……閉門とする」

向かい合って腰を下ろすと同時に、家老のくぐもった声が耳を打つ。じぶんの袴が畳をこする音にまぎれ、最初のほうがよく聞こえなかった。

「はっ」

問い返すつもりで発したが、家老は応えようとしない。首を傾げていると、聞こえなんだか、といって、厚い唇をいま一度ゆっくりと開いた。

「目付役・彦坂繁蔵を閉門に処する」

五郎兵衛がことばを失っているあいだに、大久保は、

「伝えたぞ」

とだけいって縁側の方に目を滑らせる。話はすんだから退《さが》っていいということらしい。

が、さすがにそうはいかぬと思った。

「わけを伺うてもよろしゅうございましょうか」

こころもち低めた声音で問うと、家老がけわしく眉根を寄せた。叱責でもされるかと身構えたが、すぐに平坦な口調でつづける。

「必要なときにはいう」

「されど」

膝を進めようとしたところへ、遮《さえぎ》るごとく大きな掌が押し出される。おもわず前へのめりそうになった。大久保は、そのままの姿勢でぴくりとも動かずにいる。面もちにも変わりはなかった。

長い付き合いだから、これ以上いっても無駄だと分かる。同時に、彦坂から紙片を渡されたことは知らないのだと気づいた。眠たげな家老の瞳に、こちらを牽制《けんせい》するような気配はいささかもうかがえない。差配役は家中の人事を把握している必要があるから、たんに手続きのひとつとして伝えた、というふうに見えた。

「……うけたまわりました」

かろうじてそれだけ告げると、家老が手を下ろして、ゆったりとうなずく。低頭して立ち上がろうとしたが、なにかを埋め込まれでもしたように、腰のあたりがひどく重かった。

縁側に出て障子戸を閉めると、力の抜けた体で立ち尽くした。いつのまにか額に汗が滲んでいる。さほど長い刻をすごしたわけでもないのに、柿の色がにわかに濃さを増したように感じられてならなかった。

四

それから三日ほどして下屋敷へ出向くことになった折、妖しの話も聞いておこうと思いついた。もともと月に一度は中・下屋敷のようすを見に行くのが習いだが、中屋敷のほうは昨日ついでのあった野田弥左衛門に命じて聞き取らせている。が、進藤が言ったことと似たり寄ったりで、とくにめぼしい話もなかった。

出立まえに安西主税を呼び、妖しの件を知っているかと問うてみた。若侍がこうべをひねり、顎に手を当てる。

「近ごろ持ちきりらしいが」

と付け加えたものの、やはり初めて聞くらしかった。興味のないことは耳に入ってこない質なのだろう。

下屋敷でもこのことを尋ねるつもりだといって供を命じると、相手の面につかのま不本意げな色が浮かぶ。苦笑しながら唇を開くと、こちらがなにか発するまえに、いたずらっぽい笑みが返ってきた。

「誰もやらぬお役を果たすのが差配方……でございましたな」

以前五郎兵衛が告げたことばを繰りかえす。乗り気になったとも見えぬが、むだな説教を避けるくらいの知恵はついたらしい。五郎兵衛もにやりと笑い、

「誰もできぬ、じゃ」

ことさら言いあらためた。

本郷から千駄木の下屋敷までは一里足らずだから、それほどの刻はかからない。町なかを歩いていても秋めいた風が心地よかった。姿は見えぬが、鶸《ひわ》とおぼしき啼き声がどこか近いところで響いている。

わけは知らぬが、千駄木は植木屋の多いところである。まだ昼まえながら、きょうは仕事がないのか早く終わったのか、半纏《はんてん》をまとったままの職人がいくたりか、手持ちぶさたな面もちで通りをうろついていた。あたりには寺院や武家屋敷も点在しており、よくもわるくも雑多な町並みという印象を受ける。

中屋敷や下屋敷の管理も差配方の役目だから、足をはこぶことは間々あって、安西もはじめてというわけではない。周囲を小身の旗本屋敷に囲まれているせいか、一万五千坪という敷地の広さが際立っていた。が、さして人を置いているわけでもないから、ひっそりとした気配が屋敷ぜんたいを覆い、肌寒さのようなものさえ感じさせる。

「冷えますな」

表門脇のくぐり戸を通り抜けながら若侍がいった。妖しの話など伺うたからでしょうか、と当惑がちにつぶやく。

査察というと大げさだが、訪れることを事前に伝えはしない。が、そろそろあらわれるころと見当もついているのだろう、

「お務めご苦労さまにございます」

下屋敷をあずかる老武士はあわてた風もなく出迎え、いつも通りの淡々とした挨拶を述べてきた。

まずは蔵のあらためをおこなう。北の海に面した国もとからは干魚やするめが送られてくる。江戸はこの下屋敷、大坂では蔵屋敷に蓄えられたあと、商人に卸して売り捌《さば》いてもらうのだった。

ひんやりと暗い空間に海の匂いが籠もっている。安西は干物が苦手なのか鼻のあたりに指を当てていたが、五郎兵衛は、むしろその香りを楽しむように息を吸いこんだ。江戸育ちゆえほとんど国もとを知らぬが、どこか懐かしさのごときものを覚えるのもまことである。

ひと通り見てまわったが、とくにおかしなところもない。つぎは塗り物のほうを見せてもらうことにした。こちらは魚の匂いがうつらぬよう、屋敷のひと間に収めてある。

神宮寺藩はさほど実り豊かといえぬ土地柄だが、天正のころからつづく塗り物が各地で重宝され、懐を支えていた。門外漢のおのれから見ても、地の木目を生かした椀や棗《なつめ》は味わい深いと感じる。値《あたい》によって箱に入っていたり、粗末な紙にくるまれていたりと様々だが、十畳ほどの間に山となって積まれているさまは壮観というほかなかった。

検分が済んだあとは客間に通され、老武士と向かい合う。田崎孫右衛門《たざきまごえもん》という名だった。長らく本郷の上屋敷で馬廻りを務めていたが、十年ほど前、お役替えでこちらへ移ったのである。

出された茶を飲みながら帳簿をあらためる。安西主税は退屈そうに庭のほうを見やっていた。ここでも柿が色づいているが、心なしか本郷ほど色が濃くなっていないように思える。ほど近くに生い立つ木々でも、ひとつひとつ同じではないということだろう。

「田崎どのは」湯呑みを手のなかで弄《もてあそ》びながらいった。「妖しの話をご存じですかな」

ああ、とやはり茶を啜《すす》りながら老人がつぶやく。

「先日、この目で見ましてござる」

おもわず噎せそうになった。この様子では、とくだん異変もあるまいと独り決めしかけたところだったのである。安西もはっきりと戸惑いの色を浮かべている。しばしためらったのち、五郎兵衛はおもむろに声を発した。

「……どのようなさまでございましたか」

田崎はかるく顎を引くと、

「さよう」

記憶をまさぐるふうな口調でいった。若侍はにわかに興を覚えたらしく、上体を乗り出している。

半月ほどまえ、老人は所用で他出し、すっかり暗くなってから下屋敷へもどった。いくらか気も急《せ》いている。追われるように門脇のくぐり戸を入ろうとしたとき、何かが通りすぎる気配を背後に感じた。振り向くと、すでに白い人がたが視界の端まで遠ざかっていたという。

「白い人がた、でござるか」

五郎兵衛がたしかめる体で繰りかえす。

「噂は耳にしておりましたが、さてはあれかと」

懼《おそ》れのなかにかすかな昂揚をただよわせて老人がいう。日ごろの勤めに退屈しているのか、どこか楽しげにさえ見えた。

「その後、とくに変わったことはございませなんだので」

安西主税が腰を浮かせて尋ねる。やはり関心を掻き立てられたらしい。田崎が微笑と苦笑の入りまじったものを唇もとにたたえた。

「さよう、なにか無くなったとか、だれかが寝込んだという話は聞きませんな」

それがしもこの通り達者で、といいながら胸もとを何度か叩いてみせる。安西が、ほっとしたような、どこかしら残念でもあるような色を面に滲ませた。老人が手をのばし、

「強いていえば」

と五郎兵衛が持ったままの帳簿を指さす。

「なにか変わったことでも」

あらためて紙を繰りながら問うと、

「にわかに中間どもの食が進んで困《こう》じており申す」

苦笑まじりの応えが返ってきた。

「まあ、それは」

こちらも笑みをこぼしながら見ると、たしかにここしばらく米や味噌の減りが多くなっている。が、夏も終わって食が盛んになるころではあった。いずれにせよ、妖しの所業というほどのことではあるまい。

「妖し――」

われしらず口が動いて、その響きをなぞる。大名などというは例外なく戦国の世を勝ち抜いた者たちだから、斃《たお》した相手から怨みを受けぬはずもない。妖異のひとつやふたつ出てもふしぎはないといえる。いちど御家の史《ふみ》でも調べ直してみるか、と考えついた。

五

下役たちの退出した詰所には、すでに薄闇が忍び寄っている。行灯《あんどん》の明かりが届かぬ四隅には、ぬめったような暗がりがわだかまっていた。

五郎兵衛は文机に向かって書物を広げている。妖しの類《たぐい》を畏れているわけではないが、不可思議なもののすべてを否むのもおかしい。所詮、ひとが分かっていることなど、ごくわずかに過ぎないだろう。

むろん御家の史はひと通り心得ているわけもない。一字一句あたまに入っているわけもない。ちょうどよい機会でもあり、ひとり残ってひもといているのだった。

――それにしても、ひとが死に過ぎている。

戦国の世は当然として、泰平となってからもたびたび党派のあらそいが起き、十数人程度の刑死なら幾度も出ている。近年はさいわい血なまぐさい事件こそないが、大久保家老と留守居役・岩本甚内の角逐《かくちく》が絶えぬ。この先も同じことが繰り返されていくのかもしれなかった。

――おや。

先を読み進めようとした眼差しが止まる。ここ数十年のできごとを記しているくだりだった。はっきりどことはいえぬが、なにか引っかかるものを覚えたのである。いま一度、すでに読んだ部分を検めようとしたところへ、

「精が出るの」

いきなり詰所の戸がひらいて、留守居役そのひとが姿をあらわした。呼ばれることはあっても、向こうから来ることはまずない。

「……御用でございましょうか」

低頭しながら、しぜんと声が硬くなってしまう。岩本は目立つほど細い頸《くび》を揺らして笑った。

「引きあげようとしたら明かりに気がついての」

まあそう用心するな、と、この人にも似ぬ磊落《らいらく》な口調で告げて踵を返した。いつぞや、大久保とおのれのどちらにつくか、と迫った件を持ち出されるかと思ったが、ひとことも言いださぬまま、滑るような足音が遠ざかってゆく。

まるで留守居役じしんが妖しででもあったかのごとく、岩本のいたあたりをぼんやりと見つめる。火明かりのつくる影が障子戸に大きく映っていた。夜の風がかたかたと戸を揺らし、それにつれて影も動く。五郎兵衛は張り詰めていた背すじから力を抜き、あらためて史に目を落とした。


「内膳正《ないぜんのしょう》さま……ですか」

野田弥左衛門が、いぶかしげに繰り返した。かたわらでは、やはり安西主税が腕組みをして小首をかしげている。

「仙悠院《せんゆういん》さまから分かれたご一門ですな」

迫水新蔵がすんなり応えると、副役が不機嫌そうに眉をひそめた。何かというと、できすぎたこの男が気にかかるらしい。

「いかにもさよう」

と告げながら、五郎兵衛は立ち上がって窓を閉める。夕刻が近くなると、吹く風にも冷たいものが混じるようになっていた。中庭で揺れる萩《はぎ》の花も、心なしか凍えているふうに見える。ほかの者たちはすでに退出していて、詰所もどこか寒々しく感じられた。

仙悠院は二代前の藩主で、当主・正親の祖父に当たる。先日下屋敷で見た塗り物をはじめ、さまざまな特産品を育てて御家に富をもたらした名君とされていた。

その弟が三千石を分知され旗本となっている。屋敷は本所北割下水そばにあった。げんざいは代をかさね、当主は和泉守正親と同年配らしい。昨日、藩史をひもといていて気づいたことだった。知らぬわけではないが、いまは盆暮れの贈答くらいしか行き来もないから、脳裡にのぼらなかったのである。安西がふしぎそうに尋ねる。

「その内膳正さまに何か」

「……あるやもしれん」

いくぶん歯切れのわるい応え方になった。気にかかったことはあるものの、推量でしかないから誰かに話すのは憚られたのである。

「まあ、とりあえず胸に留め置いてもらおうか」

しぜん曖昧ないい方にならざるを得なかった。いま差配方のお役と直接の関わりはないから、命じるというかたちも取れない。はっ、と答えて低頭する野田たちの面にも、困惑の色が滲んでいた。

その日もすこし藩史に目を通してから帰宅すると、娘たちとともに義妹の咲乃が出迎えにあらわれる。そうめずらしいことではないが、なにかいつもと様子が違うなと思った。

夕餉は先にすませるよう言ってあるから、居間でひとり、焼き魚と蕪《かぶ》の味噌汁を菜に食事をはじめる。きょうは道場がなかったせいで眠くもないのだろう、めずらしく澪が給仕をしてくれた。七緒と咲乃も何となくそばに残って繕い物などを片づけている。

「今日は……」

人心地がついたところで箸を置く。咲乃が手もとから目をあげ、ばつわるげに返した。

「すこし弟と」

皆まで言わぬが、喧嘩をしたのだと察しがつく。娘たちはすでに承知しているらしく、はんぶん困ったふうな笑みをたたえて父と叔母を見くらべていた。

亡妻の千代と咲乃は徒目付《かちめつけ》をつとめる高山《たかやま》家の出である。三十も後半となりながらいまだひとり身の咲乃はいわば居候だから、当主である弟とはあまり面白からぬ間柄らしい。どちらがわるいということではなく、そうならざるを得ない関わりというものがあるのだった。

今日も些細なきっかけから口論になり、いきおいで家を出てきたらしい。むかしから、たびたびあることだった。おばさま、いっそこの家にお住みなさいましと口にしたのは幼いころの澪だが、いまはさすがに言えなくなっている。千代が生きていればまだしも、義妹とはいえ、ひとり身の男女がおなじ屋根の下に暮らせば、好き勝手な噂をささやかれるに決まっていた。

そのあとしばらくは、とくに何か話すでもなく思い思いに過ごしていたが、

「では、そろそろ下がらせていただきます」

七緒が手をつき挨拶したのを機に、わたくしも、と澪がこうべを下げる。咲乃は泊ってゆくことになっているのだろう、それなりに夜も闌《た》けているはずだが、帰る気配はなかった。

屋敷ぜんたいをくるむように、松虫の声が湧き立っている。高く澄んだ響きが耳の奥まで流れこんでくるようだった。

夕餉の膳は七緒が下げたし、湯呑みはとうに空となっている。咲乃が茶を注いでくれたが、さほど飲みたいわけでもないので、両手の指でくるみ暖を取るかたちとなった。

「――殿さまのお加減は」

咲乃の声がふいに耳を打つ。いかがなのでござりましょう、とつづけたときはずいぶん小さくなっていて、はっきりとは聞こえなかった。

ことさら広めはしなくとも、ほんらい出府しているはずの主君がいまだ国もとに残っているのだから、和泉守正親の病は家中で知らぬひともない。咲乃にかぎらず、案じているものは数多いるであろう。

「お悪うなっているという報せはござらぬ」

五郎兵衛とて、側用人・曾根大蔵の書状よりほかに知るようすがないのだから、こう応えるしかない。義妹は落胆にいくらか安堵が混じった風情で頬の強張りを解いた。

「……はよう、よくなられていただきたいものでございますね」

ややあって、薄く紅を塗った唇がひらく。独り身の咲乃は鉄漿《かね》もつけていないから、わずかに覗く歯がやけに白く見えた。

「いかさま」

それくらいしか返すことばが浮かばぬ。ふと生じた沈黙を埋めるように語を継いだ。

「澪はだいぶと背が伸びましたろう」

咲乃はつかのま虚をつかれたふうな面もちとなったが、じきに唇もとをゆるめて首肯した。

「まことに。されど、あまり伸びすぎても困りますね」

「そのうち、よい按配で止まりましょう」

こちらも微笑をたたえて応える。両手でくるんでいた湯呑みはあらかた冷めていたが、ひといきに飲み干すと、底のほうにかすかな温かみが残っていた。

六

武家屋敷の角から顔だけ覗かせ、通りの奥へ目を走らせる。風に吹かれた落ち葉が、人けのない道を滑っていった。延々とのびる海鼠塀の内側では丈の高い木々がつらなり、黄色い葉叢が目につく。

「妖し……というたか」

低い声で問いかけると、迫水新蔵が無言で顎を引いた。そのまま、ささやくような口調で付けくわえる。

「噂のものと同じかはともかく、幾度か得体の知れぬ影を見まいてござりまする」

五郎兵衛はうなずき返して、今いちど視線を飛ばす。視界の尽きるあたりに、黒ぐろと光る瓦を冠した長屋門がうかがえた。神宮寺藩から分かれた旗本・内膳正の屋敷である。

先日、五郎兵衛が示唆したことを頭に留めていた迫水は、非番の日を利用して幾度かようすを窺いに来たらしい。野田や安西はあれきり忘れているのだろう、とくに動く気配もないから、ありがたいというほかない。野田は嫌がるだろうが、やはり次の副役はこの男にしようと思った。

内膳正の屋敷を見守るうち、何度かまわりを徘徊する人影に気づいたという。迫水じしんは見たことがなかったが、噂の妖しとはかくのごときものかと感じたらしい。追ってみもしたが、すぐに見失い、手がかりは得られなかった。

「ここにもか」

呻きまじりの声が洩れるのを留められぬ。

神宮寺藩の上・中・下屋敷にくわえ、枝分かれした旗本屋敷までが怪しい影に覆われているとすれば、たまさかとは思えない。まこと妖異かどうかはともかく、たんなる妄説として退けることはできなかった。

——あるいは当たりであったか。

われしらず拳を握りしめている。目付・彦坂繁蔵から託された紙片のことだった。御家の史を読み進むうち、かすかに引っかかるものを覚えたのである。最初は通りすぎたが、なにかしら脳裡に貼りついた心地となり、幾度となく紙をめくり直す。おのれが何を気にかけているか分かったのは、かなりの刻が経ってからだった。

内膳

という文字がそれであった。凝視して、あたまが痺れるほど思いを巡らす。さいしょ単に、内と膳では画数が極端に違うなと他愛ないことを考えていたのだが、やがてそれぞれの文字が崩れ、ばらばらな音や形に分かれて立ち上がってきた。

——無《ない》に月《つく》が善し……。

判じ物めくが、そう捉えられぬでもない。あの書き付けが内膳正を指すと断言はできぬものの、何かしら目はあると感じ、迫水たちに投げかけてみたのだった。正直、妖しのことまでは思慮の外だったが、あるいは瓢簞から何とかというやつかもしれぬ。

門がひらいて中年の小者がひとり姿をあらわす。動きがあるかと思ったが、ひとしきり落ち葉を掃き集めると、じき邸内に戻っていった。

そのまま屋敷の様子をうかがっていたが、しばらく待ってもひとの出入りする気配がない。きょうは勤めを抜けてきたから、あまり長居もできなかった。

引き上げるか、と促すつもりで表通りのほうへ目を向けると、承知したという体で迫水が低頭する。ふたりして武家屋敷の角を離れた。自分たちの足音にまじって、空の高いところから鳶《とび》の啼き声が聞こえてくる。大気が澄んでいるせいか、妙に寒々しく響いた。

「えっ」

通りに出ようとしたところで、おもわずたたらを踏む。行く手をふさぐように、いきなり大刀の鞘《さや》が横ざまに突き出されたのだった。持ち主の姿は右手の塀にさえぎられ、刀だけがそれこそ妖しでもあるかのごとく宙に浮いている。背後で迫水が息を呑んだ。

棒立ちになって、目のまえの鞘を見つめる。黒く塗り重ねられた漆の上で、光のかけらが休みなく躍っていた。

「……………」

ややあって、腰のあたりに伸びたそれを、ゆっくり掌で押して進む。通りへ出ると、おどろいたことに、大久保家老の側近・波岡喜四郎が苦々しげな面もちをあらわにして佇んでいた。

「はやくこちらへ」

言い放つと、五郎兵衛の袖をつかみ、先へ立って引きずるように歩く。いささかむっとしたものの、否をいわせぬ調子だった。往来でひと悶着するわけにもいかぬから、ともあれ、言われるままに通りを進む。迫水も黙したまま従った。

と、背後から入れ違いのように駕籠が近づき、いま出てきたばかりの小道に入ってゆく。供まわりは二、三人というところだった。迫水が追おうとしたが、波岡に射竦めるような視線で牽制されてしまう。駕籠が見えなくなると、相手が不機嫌な表情のまま詰め寄ってきた。

「なんの真似でござろう」

「そこもとこそ」

こちらも少々腹が立っている。いきおい、ぶっきらぼうな物言いになった。が、波岡は応えもせぬまま塀の陰に身を寄せる。往来にはそれなりの人通りが行き交っていたが、立ち話をしている武家に注意を払うものはなかった。

睨み合うかたちとなりながら、肚のなかで思案をめぐらせる。波岡は、いまの駕籠を先導してきたと見るべきだろう。そして、この男がしたがう人物は、ひとりしか考えられなかった。

――さらに……。

駕籠の行き先に思いを馳せながら、周囲へ目を走らせる。中程度の旗本屋敷が建ちならぶ一画だった。見極められなかった以上、証しはないが、内膳正の屋敷を訪れたと考えて的外れとはいえぬ。

――が、何のために。

訊ねたいことは無数にあったが、相手がそれを許すはずもない。

「お引き取りいただこう」

波岡が背後を仰ぎ、通りの向こうを顎の先で示すようにした。

「そこもとに指図される謂《いわ》れはないと存ずるが」

さすがに口を尖らせる。が、相手はとくに動じるでもなく、

「上つ方のご意向とお考えいただきたい」

平坦な口調で言い放った。こぼしそうになった溜め息をゆっくりと呑みこむ。そういわれては抗うすべもなかった。

「……わけをうかがいたいが」

無駄を承知でいってみたが、やはり、

「必要なときには申し上げる」

あるじそっくりな物言いが返ってくるだけである。かたわらの迫水に目をやると、

「ここは引き上げるほかございますまい」

といいたげな色が瞳にただよっていた。声には出さず首肯してみせる。ことさら不承不承という体をつくって波岡に黙礼した。不機嫌そうな答礼は相手もまったく同じである。踏み出した足がいつになく重く、動かし方を忘れたように感じられた。

七

ご世子・亀千代ぎみがお忍びで市中へ出たのは、それから五日ほど後のことである。

お迎えのため御広敷までおもむくと、峰尾だけが先に来て控えている。若ぎみは、と問うより先に、

「娘御と小太刀の稽古を終えてからお出でになります」

と伝えてきた。

次女の澪が月に何度か奥へ伺候し、女中たちに小太刀の稽古をつけている。近ごろはたってのご所望で、若ぎみにもご指南することがある、とは娘じしんからも聞いていたことだった。むろん剣術の師範も付けたうえでのことだから、頼もしい話ではある。

ことば通り、ほどもなく亀千代ぎみと澪が御広敷にあらわれる。身の入った稽古をしおおせたらしく、どちらも色白といっていい面ざしを紅潮させ、息をはずませていた。

「ご精進のようす、何よりでございます」

五郎兵衛がいうと、

「恐れながら筋がおよろしゅうて」

若衆のように髪をまとめた澪が、どこか誇らしげに告げる。亀千代ぎみも嬉しそうに唇もとをほころばせた。

「ほんじつは日本橋界隈でござりましたな」

峰尾が慎重な口ぶりで念を押す。いかにもと応えて顎を引いた。

夏のころ、ご正室・お熙の方鍾愛の猫が行方不明になるという騒ぎがあった。じじつは寿命で事切れていたのだが、亀千代ぎみが母の悲しみを慮って埋めさせたのである。

ようやく落ち着いてからご正室が、

「亀千代の心もちになにか報いたいが……」

と仰せになった。むろん何か欲しくてしたことではないが、問われた若ぎみは、

「さすれば」

と、お忍びでの市中散策を願い出る。おそらくご正室も諸手をあげて賛同したわけではなかろうが、おのれが言いだしたことだから否むもならない。手配するよう五郎兵衛にご下命があった。また仕事が増えたというわけだが、ふしぎとこれは苦にならぬ。

いつぞや若ぎみに市中へのお出ましを勧めた気もちに嘘はないが、大名の子弟がそうたやすく出歩けるはずもない。どうにかそうした機会をつくって差し上げられぬものかと思案していた矢先だったのである。

不忍池あたりの散策は例年の行事に入っているから、ひとがたくさんいる町へ行きたい、という亀千代ぎみのお望みも汲んで、日本橋界隈をお見せすることにした。

「こう申しては憚りあれど、子どもの面白がるようなところとは思えませぬが……」

副役の野田弥左衛門がもっともな懸念を示したが、おそらくそれは杞憂、と五郎兵衛は思っている。若ぎみの聡さはずいぶんと分かってきたつもりだし、花見だの何だのはこれからもあることだから、商家でにぎわう街並みをご案内するのも意味があるはずだった。

むしろ気がかりなのは、以前亀千代ぎみが行方を晦《くら》ましたとき、刺客めいた者があら

われたことである。あれ以来、さりげなく身辺警護の人数を増やしているし、お毒見にも細心の注意を払っていた。

そのためか、怪しい影は絶えていたが、気を配るに越したことはない。側仕えの橋崎泰之進とも相談し、見え隠れに二十人以上の供廻りを付けることにした。ただし、お側には五郎兵衛はじめごく限られた者だけが従う。その方が若ぎみの意にかなうし、仰々しいことをする方が人目に立つと考えたのだった。

上屋敷のある本郷から日本橋までは、歩いても半刻ほどしかかからない。念のため駕籠をお使いになるか尋ねたが、案の定、亀千代ぎみは、

「歩くに決まっておるではないか」

むしろ不思議そうに応えたのだった。

峰尾たちは軽々しく奥から離れるわけにいかぬから、若衆姿の澪だけが門のところまで見送りに出る。

「お気をつけて、楽しんで来られませ」

娘が明るい声をかけながら腰を折ると、若ぎみも力づよくうなずき返した。

藩邸を出ると、高く晴れ上がった空に秋茜の舞う姿が目につく。しばらく前までわずかながら残っていた大気の湿りは名残りすらなく、さえざえと心地よい風が面をかすめていった。

若ぎみのかたわらには五郎兵衛と橋崎が付き、前に側仕えの者と迫水、後ろにはやは

り側仕えからひとりと安西主税が従っていた。迫水は一刀流免許皆伝の腕前だし、安西がぞんがい遣えることは、この目で見て知っている。まずは万端怠りなしというところだった。

本郷から湯島あたりは若ぎみにも馴染みのあるところだが、千代田のお城がはっきり望めるあたりまで来ると、小さな胸が高鳴るのが伝わってくるようだった。三の丸とおぼしき郭の甍《いらか》が日の光をはじき、江戸の町ぜんたいを見下ろすごとく聳《そび》え立っている。

「――大きいな」

ひとことだけ洩らしたつぶやきに、かえって真情が籠もっている。亀千代ぎみは世継ぎと届けられた折に登城し公方さまに拝謁《はいえつ》しているが、嬰児《みどりご》のころだから覚えているわけもなかった。五郎兵衛は幾度となくこのあたりを行き来して見慣れているものの、偉容であることにかわりはない。若ぎみのお心もちは容易に想像できた。

「国もとの城もこれほど大きいのか」

亀千代ぎみがまっすぐな視線を向けてくる。もともと濁りのない瞳が、いつにも増してかがやきを加えていた。

「さようでございますな……」

五郎兵衛じしん、国もとへおもむいたことは数えるほどしかない。答えに詰まったあと、声を落として付けくわえた。「さすがに、同じくらいというわけには参りませぬが」

若ぎみが無念げに唇を結ぶ。めずらしく、齢相応の子どもらしい表情になっていた。

「半分くらいか」

「あ、いや……もそっと、否、かなり」

　小さいか、と苦笑した亀千代ぎみが、今いちどお城のほうへ眼差しを向ける。まぶしさに目を細めた面ざしは、やはり少年のものとも思えぬほど大人びて見えた。

　大通りに足を踏み入れた途端、若ぎみが棒立ちとなる。幅広い道の左右に大店がならび、見渡すかぎり町人や職人がひしめいて、すんなりとは歩けぬほどだった。

「こちらが越後屋《えちご》と申し、日の本一といわれる呉服屋でございまして」

　と案内する五郎兵衛の声も耳を素通りしているのか、通りの端に身を寄せ、行きかう人影をことばもなく見つめている。出で立ちもごく目立たぬものを選んでいるから、武家の少年ひとり気にかける者はなかった。

　立ち尽くし、人波を眺める亀千代ぎみの目が驚きに見開かれている。いまこのお方のまえに新しい何かが開けたということだろう。これだけでもお連れした甲斐があった、と吐息をついた。

　――おや。

　面を上げ、あたりを仰ぐ。視界の隅を不自然なかたちで横切る影を感じたのだった。が、いくら見渡してみても、それらしき姿は目につかない。

　気のせいかと思いなおして、若ぎみの横顔を見やる。いまだ飽きることなく通りへ視線をそそいでいた。

——動きどきかな。

いつまでも若君の気が済むようにして差し上げたかったが、供廻りの者がいささか暇を持て余している。安西主税などは退屈のあまり町娘に声をかけようとして迫水に叱責されていた。

むろん、供の無聊《ぶりよう》などに行程を左右されるわけではないが、先ほどの影もやはり気にかかった。一箇所にあまり長く留まっていては警衛に隙が生じる。いかに武士とて、心の張りを保ちつづけるのは容易でなかった。

「——参りましょうか」

ことさら静かな口調で告げる。否まれるかと思ったが、若ぎみも少し疲れたところだったのか、うなずいて爪先を踏み出した。

このあとは休息を兼ね、神宮寺藩の器物御用商である池田屋《いけだ》を訪ねることになっている。御納戸役の件では迷惑をかけた相手でもあるから、埋め合わせのつもりもあった。それなりの手数をかけることにはなるものの、お忍びとはいえ一藩のご世子が商人を訪ねるなど、まず例しがない。誉れを押しつける気は毛頭ないが、以後の商いにも末永く安堵の気もちが抱けるだろうと考えたのだった。

池田屋は今たたずんでいるところからも遠からぬ室町一丁目にある。ひと足はやく使いを出したから、あるじの仁右衛門《にえもん》はじめ主だった番頭たちが暖簾《のれん》の外にならんで出迎えていた。

店先には朱や茶などさまざまな色の椀や湯吞みが並べられ、足を踏み入れた途端、ひといきに目のまえが明るくなる心地がする。人目に留まらぬうち、手際よく奥へ招じ入れられた。

「お出でたまわり、まこと恐悦至極に存じまする」

中庭をのぞむ一室に通されると、腰を下ろした亀千代ぎみへあるじ仁右衛門が丁重な挨拶を述べた。

「手数をかけて相済まぬが、ありがたく思うておる」

若ぎみが落ち着いた口ぶりで応える。誰かが入れ知恵したわけでもないのに、適切な答礼というべきだろう。頼もしく感じる反面、ご世子の立場がこの少年を休みなく大人へと駆り立てているのかもしれぬと思った。

挨拶もそこそこに、昼食《ちゅうじき》の膳が運ばれてくる。お忍びゆえ簡素なものでよいと伝えてあったのだが、それでも黒鯛の焼き物が添えられていた。

若ぎみの左右に五郎兵衛と橋崎が横顔を見せるかたちで控え、余の者は次の間で相伴《しょうばん》に与《あずか》っている。若ぎみとおなじ膳であるわけもないが、わずかに塩をまぶした鰈《かれい》の焼き物と大根を具にした味噌汁の取り合わせはめっぽう旨く、おもわず代わりを所望したくなるほどだった。

亀千代ぎみのお口にも合ったらしい。召し上がる折の表情を見ていれば、それくらいのことは分かる。池田屋にも伝わったようで、若ぎみから礼のことばをたまわる際の面もちに、はっきりと喜びの色が滲んでいた。

つつがなく膳がすみ、茶を喫していると、亀千代ぎみがもの言いたげに五郎兵衛のほうへ視線を這わせてくる。膝を進めようとするまえに、

「厠はどこであろう」

意外なほど差し迫った口調で問う。はて、お腹に障りでもと懸念したところへ、池田屋仁右衛門が、

「これは気づきませず、たいへん失礼いたしました。ご案内つかまつりまする」

やはり案じるような声をあげた。若ぎみの面を戸惑いの影がよぎったが、

「いや……供はこの者に頼もう」

五郎兵衛に眼差しを戻していう。藩邸の外で厠へ行かれることはほとんどないゆえ心細いのだろうと察し、あるじに場所を聞いて膝を起こした。橋崎がなにか発しようとしたのは、側仕えの自分が付き添おうとしたのかもしれぬが、言い張るほどのことでもないと思い直したらしく、そのまま口を噤《つぐ》んでいる。

客間から縁側へ出ると、中庭で咲く鶏頭が目に飛びこんできた。午後の日ざしが赤や黄の花穂を透かして降りそそいでいる。

ふと目を奪われそうになったが、若ぎみをはやく厠へお連れせねばならない。足を速めようとしたところで、

「五郎兵衛――」

背後で固い声が聞こえる。振りかえると、亀千代ぎみがはじめて見るような思い詰めた表情でこちらを見上げていた。

あるいは粗相でもされたかと跪き、視線を合わせる。うながすふうに顎を引くと、若ぎみの強張った唇がわずかに動き、白い歯が覗いた。ひとことずつ噛みしめるように、まだ少年らしい声を発する。

「話したいことがあるのだ」

座敷に戻った亀千代ぎみのようすは一見変わりなかったものの、瞳からかがやきの失せていることが分かる。おのれの胸にもするどい棘が突き立つのを感じたが、いまはどうする術もないのだった。

このままお忍びをつづけたものか思案していると、池田屋仁右衛門がさりげなくかたわらに近づいてきた。

「若ぎみさまは、お軀の具合でも……」

小声でささやいてくる。さすがに大店のあるじは目が違うと思った。あえて微笑を浮かべ、

「すこしお疲れになったのであろう」

と応える。それで納得したわけでもあるまいが、いくらかは安堵したらしい。池田屋は頰のあたりをゆるめて、おのれの座にもどっていった。

じき出立の刻限が来て表通りに出る。あるじや番頭たちの見送りを受け、亀千代ぎみが作法にかなった礼を返した。これからもよろしゅう頼むとのおことばをいただき、仁右衛門が恐懼《きょうく》する。それが上辺だけのものでないことは、はっきりと伝わってきた。

池田屋を離れてふたたび歩きだしたものの、若ぎみのまわりにただよっていた快闊《かいかつ》さが、はっきりと褪せている。先導する迫水もすでに気づいているらしく、時おり振り返っては、案じるような眼差しを向けてきた。やはりこれ以上は無理かと思い、

「お屋敷へ戻られますか」

小腰をかがめて亀千代ぎみに問う。だが、若ぎみは迷うことなくこうべを振った。

「またとあるか分からぬ機会……このまま続けてくれ」

とっさに口を噤んだが、少年の意向が変わるとも思えない。

「承知つかまつりました」

それだけ、ことば短かに応えた。

が、日本橋を渡ったときには、つかのまながら昂揚を取りもどしている。幾度となく橋板を踏んでみたり、欄干に寄って川面を覗きこんだりされていた。

さまざまな街道のはじまりだから旅姿の男女も多く、若ぎみはどこか遠い眼差しで、そうした者たちを追っている。このお方が身ひとつで旅に出ることはおそらく生涯ないのだな、と思った。

あらかじめ定めていた通り、魚河岸をお見せすることとした。日本橋から江戸橋にか

け、川のほとりに見渡すかぎり屋台小屋が並んでいる。朝のうちは人いきれと喧騒で身動きもままならぬ辺りだが、この時刻でもそれなりに賑わっていた。五郎兵衛じしん、後学のため何度か見に来たことがあるくらいだが、そのたび圧倒されるような思いを抱いた覚えがある。

銀色の陽光をはじく川面には、小舟が隙なく浮かんでいた。平田舟と呼ばれるもので、漁師たちが獲ったばかりの魚を広い船べりに並べている。舟の上で話をつけて卸した後、河岸の小屋で魚屋が商売をおこなうのである。

舟や小屋に群がる者たちが、威勢のいい声を絶え間なく放っている。それを見つめる少年の瞳にも、いっとき光がもどってくるようだった。

――とはいえ……。

若ぎみの心もちを思うと、胸の塞がる思いがする。河岸を眺める少年の肩からつい瞳を逸らしたとき、

「えっ」

われしらず喉の奥から声が洩れた。同時に、五間ほど離れた柳の陰に身を隠した者がいる。

「すまぬ、暫時ここで待て」

迫水に命じると、もう走り出していた。池田屋へ足をはこぶ前に覚えた違和感と同じだという気がする。あるいは弁天堂で見《まみ》えた刺客ならんと思った。

むろん若ぎみを放り出すわけにはいかぬが、今日はこれだけの供廻りがいる。もしここで胡乱なことどもが解決できるなら、その方が上々のはず、ととっさに考えをまとめた。

かろうじて見える相手の背中を追って駆ける。これほど走ったのはいつ以来かと思われるほどのいきおいで腿を動かした。じき全身から汗の滴が染み出してくる。川べりでたむろしていた漁師たちが、おどろいて道を開けた。翡翠《かわせみ》が一羽、五郎兵衛と並んで川面を滑っていく。

人ごみに慣れていないのは相手も同じだったらしい。何度もぶつかったり人通りをよけたりしているうち、距離が近づいてきた。編笠をかぶった武家だということもはっきりと分かる。もう手が届く、と思ったところで軀がしぜんに動き、後ろから相手に飛びかかった。羽織の裾を摑んだ、と感じた瞬間、ともに倒れ込み、膝のあたりをしたたか打っている。

荒い息を静める間もなく、黒い羽織の背中を押さえた。面をあらためようとしたとき、

「やあ、捕まってしもうた」

ぞんがい呑気な声を立てて、相手が振り返る。五郎兵衛の手がゆるんだ隙に、編笠の緒をするりとほどいた。

「あなた様は――」

おもわず、わが目をうたがう。子犬のような面ざしを人懐《ひとなつ》こげにゆるめる三十がらみ

の武士は、国もとにいるはずの側用人・曾根大蔵に違いなかった。

八

暖簾の脇にある角行灯はすでに消え、店のうちからもひとの気配は絶えているようだった。音を立てずに戸を開け、なかへ滑りこむと、おかみの登勢が控えている。

「お見えでございます」

常ならぬようすを察しているのだろう、伝える声から張りつめたものが感じられた。すまぬな、と詫びていつもの小上がりに向かう。他の客はとうに引きあげ、板場の者も帰らせたのか、店のなかはうそ寒いほどひっそりとしていた。それこそ妖しでも出てきそうに思える。

「いい店を知っておるな。酒も肴も上々じゃ」

五郎兵衛と向かい合うなり、曾根大蔵が満足げに目を細める。ちょうど箸を伸ばし、小鉢に盛られた膾《なます》をひとくち含んだところだった。

「それはよろしゅうございました」

と応えはしたものの、むりに浮かべた微笑が強張っていることは自分でも承知している。

小料理屋〈登美岡〉のおかみ登勢に頼みこみ、ひとがいなくなる時刻を見はからって開けてもらったのだった。おのれの屋敷は藩邸のなかにあるから、うっかり連れてゆくわけにもいかない。

河岸で曾根大蔵を摑まえたものの、お忍びの途中、ゆっくり話を聞いているゆとりはない。とっさに、

「今宵、池之端の〈登美岡〉という店でお目にかかれましょうか」

と乞うた。否まれるかと思っていたが、側用人は悪びれもせず首肯する。じっさい、こうして目のまえに現れもしたのだった。

どのような事情があるか分からぬゆえ、若ぎみ一行には内密とした。とはいえ、暫時ながらお側を離れたのだから、釈明しないわけにもいかぬ。

「申し訳ございませぬ。不審な人影を見たと感じまいたもので……」

と申し上げた。側仕えの橋崎泰之進が眉をひそめ、

「して、ご首尾は」

と聞いてきたが、

「まことに面目次第もなきことなれど、それがしの思い違いでございました」

と応えるしかない。亀千代ぎみはとくだん気にしていないらしく、

「大事ないなら、よかったではないか」

さらりと言い放たれるだけだった。

そのまま魚河岸の見物をつづけ、あとは評判の菓子屋で奥への土産に大福餅を三十個

ほど買って引き上げた。若ぎみも池田屋を出て以来、口数こそ少なくなったが、はっきりした不調を見せようとはせぬ。藩邸へ戻ると、

「ほんじつは、まこと世話になった」

供廻りの者にあらためて礼を述べた。最後に一行を眺めわたすとき、おのれを見つめる若ぎみの瞳に、哀切な影のごときものが過《よ》ぎったのを感じる。できればどうにかして差し上げたいが、他人にはどうともできぬものが確かにあるのだった。

「……いつから江戸に」

亀千代ぎみの面ざしを胸の裡におさめ、旨そうに肴をつつく側用人へ問いかける。曾根大蔵はしゃりしゃりと小気味よい音を立てながら膾を咀嚼し、時おり盃を干していた。つづいて焼き茄子までなかば平らげると、ようやく箸をやすめる。

「ひと月ほど前になるか。供ふたり連れてな」

「どちらへご逗留《とうりゅう》で」

まるで目付じゃの、と笑ってから、側用人がこともなげに付けくわえる。「下屋敷じゃ」

「先日うかがいましたが」

問いを重ねる声に疑わしげな響きが含まれている。屋敷をあずかる田崎孫右衛門の風姿が脳裡に浮かんだ。曾根大蔵がいたずらっぽい笑みを返す。

「知っている。というより、あのとき屋敷にいた」

驚きの声を抑えきれなかった。従者ふたりは他出中で、五郎兵衛が蔵を検分しているあいだ曾根は塗り物の部屋に潜み、然るのち蔵へ移ったという。いつもその順で見まわることを田崎老人が承知していたかららしい。次からは順番をばらばらにしようと思った。それにしても、藩邸から遠からぬところに潜むとは不敵というほかない。

「上屋敷にいたころから、田崎とは昵懇《じっこん》の間柄でな」

側用人の声が耳を素通りしてゆく。老人の応対を思い起こしたが、さような気配はいささかも感じさせなかった。たいした御仁《ごじん》だ、となかば皮肉まじりに吐息をつく。

「いまひとつお尋ねしたいことがござりまする」

曾根大蔵が機嫌よく面をあげ、うながすような目を向けてくる。〈登美岡〉の味が気に入ったのだろう、焼き茄子の皿も空となっていた。登勢は先ほど徳利を持ってきたきり、姿をあらわさぬようにしているらしい。五郎兵衛は声をひそめていった。

「ここしばらく、御家に関わるさまざまなところで妖しの噂が広まっております。よもやとは存じますが」

「妖し……」

相手の眉がいぶかしげなかたちを作る。五郎兵衛は、覚えているかぎりの目撃談を手短かに披露した。ほどもなく曾根大蔵がにやりと唇もとを歪める。

「ご明察じゃの。それはわしや手の者たちだ。ゆえあって、わざと家中の目につくようにした」

「わざと……」

だとすると、田崎老人が語ったのは、いつわりの目撃談ということになるだろう。いったい何のためにと首をひねっているうち、はっと気づいた。

下屋敷での掛かりが常より増えているという話である。曾根大蔵一行が逗留しているなら当然ともいえるが、五郎兵衛が不審を持つまえに、妖しの話とからめて伝えておいたのだろう。信じる信じないは別にして、あらかじめ別の解をあたえておけば、それ以上疑念が深まるのを防げる。やはり、たいした老人というべきだった。

「――そろそろ、わけをお話しいただけましょうや」

いくらか焦れてきた心もちの滲《じ》む声で問うと、

「そのために来た」

側用人が盃を置き、さいぜんから浮かべていた微笑をすいと収めた。子犬のような人懐こい表情があらたまり、眼光にするどさが加わったと感じる。心なしか、声の調子までさえざえとしたものになっていた。

「が、聞けば後もどりはできぬ」

それは承知か、と問われたが、ここまで来て、では止めますと応えられるはずもない。さようなことは魚河岸でいって欲しかったと思いながら首肯した。それを見届けた曾根大蔵が、重々しくうなずく。

「かまえて他言無用じゃが」目の光がいっそう強くなる。「殿はすでにご本復なされておる」

また驚きの声を洩らしかけ、いそいでおのれの口をふさいだ。板場のほうを振り向いたが、さいわい登勢の姿も見えない。

主君の病が癒《い》えたとすればこれ以上の慶事はないが、ではなぜそのことが伏せられているのかが分からぬ。いまだ出府の知らせがないのも解せなかった。

「仔細、お聞かせ願えましょうか」

ややあってようやく発したが、いくぶん声が尖るのを留められぬ。側用人が決まりわるげに耳の後ろを掻いた。

「――江戸屋敷が二分されておること、わしが申すまでもあるまい」

たしかに念を押されるまでもない。江戸家老・大久保重右衛門と留守居役・岩本甚内の角逐は何年も前からつづいていて、藩士の多くがどちらかの派に属することを強いられている。五郎兵衛自身、岩本からおのれにつくよう迫られたことがあるし、大久保の懐刀・波岡喜四郎に「そろそろ肚を決めよ」といわれたのは、つい先日のことだった。

――あるいは……。

亀千代ぎみが失踪した折、「むりに見つけずともよい」と言い放った家老の声が耳の奥によみがえる。五郎兵衛は息を詰めたまま、おのれにそそがれる曾根大蔵の視線を受けとめていた。

「ちょうどお床あげと前後して、目付役・彦坂繁蔵から内々の書状が届いての」

胸の奥で動悸が速さを増す。気づいているのかどうか、側用人はかまわず先をつづけた。

「内膳正さまというお身内を存じておるか」

とっさに背すじが跳ねる。五郎兵衛のようすを見た曾根大蔵は、知っておるようだの、とつぶやいて語を継いだ。

「殿のご不例を耳にして、ひそかに大久保・岩本のご両所へつなぎを取ってきたらしい」

「とはつまり……」

おぼえず声が震える。なんの変哲もない小上がりが、にわかに不穏な場と化したようだった。側用人が忌々しげにこうべを振る。

「こちらがつかんだのは、そこまでじゃ。知らせを受け、ひそかに出府したものの彦坂が閉門に処され、先が分からなくなった」

「………」

膝がしらのあたりに目を落とし、考えにふける。内膳正の屋敷を訪れたとおぼしき駕籠と、それに付き従う波岡喜四郎の姿が瞼の裏に浮かんでいた。

「ただの様子うかがいなら、内々にする要もない」曾根大蔵がおのれのことばをたしかめるふうな調子で告げた。「あるいは、殿にもしものことがあったとき、ご自分が――」

そこまでいって口をつぐむ。神宮寺藩のあるじに、といいたかったのだろうが、さすがに憚ったと見える。濁った雲のごときものが胸の裡に広がるのを振り払い、五郎兵衛は身を乗り出した。

「恐れながら、殿に万一のことあろうとも亀千代ぎみがおわしまする」

側用人が腕を組み、唸るような声を洩らす。

「むろん……が、それゆえに、またあやうい」

「あやうい……」

口中に湧いた唾を呑みくだし、彦坂から託された紙片や内膳正屋敷の件を伝える。側用人はそうか、ご家老のほうが、と呻いて顎に手を当てた。ややあってゆっくりと眼差しをあげる。

「いずれにせよ、このままにはできぬ、と殿はお考えじゃ」

それはその通りでございますが、と言いかけてことばを呑み込む。ご本復を伏せていることとどうつながるのか、見当がつかなかった。むしろ、一日もはやくご出府あれば、このような騒ぎもおさまるのではないかと思えてならない。

五郎兵衛の疑問を見越しているのだろう、側用人は一度うなずくと、おもむろに口をひらいた。向かい合う瞳が底光りしたように感じる。

「この際、江戸屋敷の膿《うみ》を出し切る所存。われらが姿をちらつかせたのは、家中が動揺せば好機なりと見て、先方の動きも繁《しげ》くならんと思うたゆえ」

「荒療治すぎませぬか」

おもわず咎めるような響きを発する。不機嫌そうな大久保家老の面もちが胸をよぎった。かの御仁が内膳正と結託しているとすれば、むろんそのままにはしておけぬが、一歩あやまれば御家の危機となってしまう。

「すまん、わしの発案でな」

曾根大蔵が苦笑とともに告げる。が、つぎの瞬間、真顔になっていった。

「わしはもう国もとへ戻らねばならぬ。そうそうお側を離れておるわけにもいかん」

その前にと思うて若ぎみのお顔を拝しにいったのじゃ、とつづける。「殿もいたく気にかけておられるゆえな」

われしらず目を伏せた五郎兵衛の頭上に、側用人の声が降りかかってきた。

「差配役どのを見込んで頼みがある」

顔をあげると、曾根大蔵はいつものごとく、ひと懐こい面もちにもどり、頬をゆるませていた。

「わしに手を貸してほしいのだ」

九

五郎兵衛は眼前につらなる生垣の向こうへ目を凝らした。乾いた風に乗って、庭に植えられた葛《くず》の香りが甘くただよってくる。

家老・大久保重右衛門の命で閉門に処された目付・彦坂繁蔵の屋敷だった。ごく限られた重職をのぞけば藩邸内の屋敷はどれも簡素な造りだから、なかの様子がそれなりに垣間見られる。

むろん彦坂本人はおろか、家の者に会うこともならぬ。それでいて放っておく気にはなれなかった。

側用人・曾根大蔵によると、彦坂は江戸屋敷のようすを逐一国もとへ知らせていたらしい。それらしい口実が付されてはいたが、閉門とされたのは、家老にそのことを感づかれたからだろう。

その話を聞いたあとでは、なおさらだった。来たところで何もできぬと知りながら、足を運ばずにはいられない。

掃除をする者もいないのだろう、庭のあちこちに落ち葉が溜まっている。門は竹矢来で幾重にも閉ざされていた。

ただ通りすぎることしかできぬまま、彦坂邸から離れる。夕暮れが近づくなか、重い足を引きずるようにして詰所へ辿りついた。帳面に筆を走らせていた安西主税が、もの問いたげな視線を向けてくる。若ぎみのお供をした折のことが気にかかっているのだろう。迫水新蔵も、ことさら面には出さぬが、何かしら異変を察しているのかもしれない。なにも知らぬ野田弥左衛門だけが呑気に鼻毛を抜いていた。

腰を下ろし、なにげなく眼差しを上げると、入り口のところに見覚えある顔がたたずんでいる。若ぎみの側仕え・橋崎泰之進だった。うながすと、どこか居心地わるげに詰所へ入ってくる。

「先日お立て替えした分でござる」

懐から紙片を取り出し、手渡してくる。見当はついていたが、開いてみるとやはり亀千代ぎみのお供で日本橋へ出向いた際、菓子屋で土産を買った代金が記されていた。あの場では、橋崎が自前の金で払ったらしい。大福餅とはいえ老舗《しにせ》のものだから、ひとつ二十文もしたはずである。三十個ほど買った記憶があるが、やはり六百文と書かれていて、不審なところもない。正式な受け取りをもらう暇がなかったので、五郎兵衛の見届け状が必要になったのだろう。

「それがしの添え状をつけて勘定方へ回しておきますゆえ、五日ほどしたらお受け取りくだされ」

かたじけないと応えた相手が、そそくさと膝を起こしかける。五郎兵衛はとっさに右手をあげて呼びとめた。

「若ぎみのご様子はいかがでござろう」

「とくだんお変わりもないと存ずる」

素気なく告げたあと、橋崎がつかのま虚空に視線を這わせる。ややあって、ゆっくりとことばを添えた。

「いや、何とのう、お顔つきがたくましゅうなられたような……気のせいかもしれませぬが」

それだけ言い残して、今度こそ立ち上がる。振り返りもせず詰所から出ていった。その背中を見るともなく見つめていると、

「ご差配――」

呼びかけながら、野田弥左衛門が縁側のほうへ目を向ける。その視線を辿った五郎兵衛は、おぼえず腰を浮かせた。

茜色の光が広がりはじめた中庭にたたずみ、途方に暮れた面もちをこちらへ向ける人影がある。長女の七緒と義妹の咲乃だった。娘だけでなく、咲乃までが全身からあふれるような焦燥をただよわせている。かるがるしく詰所にあらわれるふたりではなかった。下役たちも落ち着かぬ風情で視線をさ迷わせている。

「いかがした」

濡れ縁に出ながら口早に問う。よく見ると、娘は唇まで色を失い、小刻みに体を震わせていた。支えるように肩へ手を添えた咲乃じしん、蒼ざめた顔を俯かせている。

七緒が懸命に息をととのえ、父へ向かって二歩三歩と踏み出す。乾いた草の音が足もとで起こった。

「澪が」ようやく絞り出した声は、五郎兵衛にだけ聞こえるほどの大きさでしかなかった。「帰って参りませぬ」

自分のものとも思えぬ呻き声が、喉の奥からこぼれる。あたりを見回し、すばやく次

の間へ招じ入れた。

小太刀の稽古が終わるころを見計らい、下男の捨蔵が道場へ迎えに行くと、

「先ほどお屋敷から急ぎの使いが参られたが……」

師匠の山岸久蔵が眉を曇らせて応えた。くわしいわけは言えぬが火急の要用であるとのことで、娘はあわてて駕籠に飛び乗ったのだという。

戻ってきた捨蔵からその話を聞き、七緒はすぐさま叔母のもとへ駆け込んだ。むろん、さような使いは出していないし、駕籠を差し向けてもいない。度を失ってはいけないとみずからに言い聞かせたが、只事とは思えなかった。咲乃も五郎兵衛の帰宅を待ってはいられないと断じ、不作法を承知でふたりして詰所に足を運んだのである。

「奥の御用かとも存じましたが」

咲乃が震える声で告げる。なるほどとは思ったが、それは藁をも摑むというやつだろう。奥に伺候する日ではないし、火急の用というのも考えにくい。もし本当にそうした召しだしがあるなら、まず里村の屋敷に使いが来るはずだった。

とはいえ、当たってみるに如《し》くはない。まずは御広敷まで出向こうと肚を決めたとき、

「まことに恐れ入りまするが……」

襖の向こうから安西主税の声が呼びかけてくる。さすがに異変を察していると見え、この若者にしては遠慮がちな響きだった。「留守居役さまがお呼びとのことでございます」

忙しいところすまなんだ、と前置きしながら、岩本甚内がひとくち茶を啜る。五郎兵衛は膝のまえに置かれた碗を取るでもなく、湯気が立ちのぼるのをただ見つめていた。碗を手にしたまま、岩本がぽつりとつぶやく。

「以前申したこと、覚えておるか」

問い返すまでもなく、大久保重右衛門とおのれのどちらにつくか、という話だろう。波岡喜四郎からも匂わされていたことだった。自分の心もちとは関わりなく、もう是々非々などは通じぬところに来ているらしい。何もこのようなときにという思いは拭えぬが、娘の姿が見えなくなりましたゆえ失礼いたします、とは言えぬのが宮仕えのつらいところだった。

「――大久保どのは、御家の政を恣《ほしいまま》にしておる」

岩本甚内が茶碗を膝先へ置きながらいった。よほど腹に据えかねているのだろう、声がはっきりと瞋りに震えている。

どう応えてよいか分からぬまま、まだ口をつけていない碗に視線を落とす。湯気はすでに消えていた。襖は閉めているが、微風が吹き込んでいるのか、薄い緑色をした面がわずかにさざめいている。

「無念ながら」

留守居役のことばに釣られる体で顔をあげる。いくぶん茶がかった岩本の瞳が五郎兵衛を待ち受けていた。「殿にはそれがお分かりにならぬ」

「……」

蜂の唸るような音が耳の奥で響いている。鼓動が速まり、ひどく喉が渇いていた。碗に手を伸ばそうとしたが、肩から先がいっこうに動こうとしない。

「かまえて、ここだけの話だが」

ひとこと発して、留守居役が膝をすすめる。袴と畳の擦れ合う音がやけに大きく感じられた。

身動きできずにいる五郎兵衛の半身に、岩本が上体を近づけてくる。生暖かい息が耳《じ》朶《だ》をそよがせた。後じさりたかったが、おのれの軀とも思えぬほど意のままにならない。

留守居役は五郎兵衛の耳もとに口を寄せると、ひそめた声で囁きかける。その刹那、呪縛が解けたかのように顔が動き、間近で岩本と向き合う格好になった。

感情を窺わせぬ双眸《そうぼう》がおのれの全身を捉えている。大久保家老のような威圧感はないが、どこまでも深く刺さる錐のごとき鋭さだった。くぐもった物言いで、ふたことみことつづける。

「……さようなことは致しかねまする」

ようやくことばを返したものの、留守居役は動じるでもなくこちらを見つめつづけている。薄い唇がおもむろにひらいた。

「むろん、その答えは予期しておった。が、御家のためと心得よ」

「馬鹿な」

とっさに声が飛び出す。上役に向かって口にすることではないが、岩本は気をそこねたようすもない。いくらか身を離して、縁側のほうへ眼差しを移した。

いつの間にかあかあかとした夕日が差しかかり、障子戸をいちめん朱の色に染めている。中庭の奥から聞こえてくるのか、あたりに鵙《もず》の啼き声が響き渡っていた。

「かようなことは言いたくないが」ほとんどささやくような声だったが、はっきりと耳に刺さる。「あくまで否むなら、娘御は戻って来ないやもしれぬ」

背骨のあたりを重いものが貫き、上体が崩れそうになる。畳に手を突いて支えたが、指先が止めどなく震えていた。若衆のように髪をまとめ、袴をまとった澪の晴れやかな笑顔が胸の奥で明滅する。不安げにたたずむ七緒や咲乃の面もちがそれに重なった。

「わしにつけ、里村」

ことさら力を籠めるでもなく、岩本が語を継ぐ。面をあげると、相手の首すじが目に飛びこんできた。まるで病人のように痩せ、いつ折れてもおかしくなさそうだったが、風貌にそぐわず、ひどく頑健だと聞いた覚えがある。

視線を滑らせると、留守居役が小揺《こゆ》るぎもせぬ眼差しをこちらへ向けている。その瞳に誘われるようにして、震える声が滑り出た。

「——承知いたしましてござりまする」

ひといきに告げて両手をついた。岩本がゆっくりと唇をほころばせる。溟《くら》い色の花が開くような微笑み方だった。

十

内膳正そのひとが神宮寺藩上屋敷を訪ねてきたのは、数日後のことである。ご一門ではあるが、ふだん往き来があるわけでもないから、じっさいに会うのは五郎兵衛もはじめてだった。

齢ごろはあるじ和泉守正親とおなじ、四十まえである。がっしりと張った顎のうえに精悍といっていい眼差しが光っていた。むろん、いきなりあらわれたわけではない。一門として、藩主の不在がつづく神宮寺藩邸を見舞いたいという使いが一昨日のうちに遣わされていた。

ご世子の亀千代ぎみが、江戸家老・大久保重右衛門と留守居役・岩本甚内を引き連れるかたちで挨拶に出る。ご正室・お熙の方はご不例の由を仰せになり、あらわれようとしなかった。人見知りをする質と聞いているから、はじめての相手に会うのが億劫だったのだろう。内膳正もそのあたりにこだわりはないらしく、質すようなこともなかった。

家格からいえば亀千代ぎみが上座に就くところだが、ともに庭を向いての対面というかたちを取っている。五郎兵衛の提言で、年長者である内膳正に気をくばったものだった。大久保と岩本はふたりの背を見守る格好で腰を下ろし、五郎兵衛じしんは縁側に近いところで控えている。

開け放った障子の向こうで、竜胆《りんどう》の花が咲き乱れている。風が吹くたび紫の花弁が揺れ、まるでこちらに向けて頷きかけているようだった。

重職ふたりは並んで坐しているにもかかわらず、世間話ひとつするわけでもない。そもそも、あるじ和泉守の御前で談合するときを別にすれば、両者がおなじ部屋にいることじたい、きわめて稀だった。政敵というだけでなく、もともと人として反りが合わぬのかもしれない。そういう例は、まま目にすることだった。

「お父上のこと、さぞご心配でござろう」

内膳正が亀千代ぎみを仰ぎ、語りかけた。若ぎみはおもむろに低頭し、

「お心づかい、痛み入ります」

と応える。和泉守がおらぬいま、名代《みょうだい》の務めを果たさねばならぬと気を張っているのだろう、どこか痛ましげな振る舞いに見えた。

日本橋を散策した際、思いつめた表情で告げられた話が胸をよぎる。若ぎみがあれからどのような思いで日々を過ごしておられるのか、想像するよすがはなかった。

「国もとはずいぶん冷えてきましたろうな」

「さようでしょうか」

さして意味のない会話が降り積もってゆく。ご世子は襲封《しゅうほう》してはじめてお国入りするし、内膳正は生まれてこの方江戸住まいだから、ふたりとも国もとには漠たるかたちし

か思い描けていないはずだった。

もともと長居をするつもりもなかったらしく、半刻ほど話を交わした後で、内膳正は腰をあげた。若ぎみと連れ立ち、大久保家老と留守居役の岩本が玄関さきへ見送りに出る。内膳正は供の者が差し出す履き物に足を通すと、

「では、お心じょうぶに」

ひとことずつ吟味するごとき口調でいって腰を折った。亀千代ぎみも袴に手を当て、こうべを垂れる。やはり、いくぶんお疲れになったようすと見えた。重臣ふたりはそのまま門のところまで付き従うらしく、おとなたちの姿が消えると、昼下がりとも思えぬ静寂がにわかに広がってゆく。

「……お休みになりますか」

五郎兵衛が声をかけると、うん、と応えた亀千代ぎみが、重い足取りで廊下を辿る。まだ奥に戻る気はなさそうだった。万寿丸の一件いらい、母であるお熙の方は以前にまして若ぎみを頼りにされていると聞く。それ自体わるいわけではないが、亀千代ぎみにとっては気をゆるめられぬ刻が増えたということでもある。すぐに帰ろうとせぬのも当然かもしれなかった。上役ふたりはまだ戻ってくるようすもないから、五郎兵衛と側仕えの橋崎だけが付き添って歩をすすめる。

「白湯《さゆ》をたのむ」

さきほどまで内膳正と対していた客間に腰を下ろすと、若ぎみがぽつりといった。隅

にひかえる女中が立ち上がろうとしたが、

「いや、わしがお持ちしよう」

五郎兵衛自身が膝を起こす。足先がわずかに震えていたが、気づかれるほどではなかった。

夕餉の支度をはじめるには間があるから、厨には人影もない。殿や若ぎみのお使いになる器は大半、奥に仕舞われているが、時おりはこのようなこともあるから、湯呑みや盃のたぐいはいくらか備えてあるのだった。むろん、差配役としてそれくらいは心得ている。

湯呑みに白湯を満たして盆に載せる。指さきがぎこちなく動き、懐から小さな紙包みを取りだした。唾を呑みくだす音が、大きく耳に響く。

すばやく包みをひらき、なかの粉を湯呑みに入れた。手の震えもやまなかったが、忌々しいことにその動きは精確で、待つほどもなく白い粒が湯に溶けてゆく。

紙包みは岩本甚内から渡されたもので、亀千代ぎみに飲ませるよう言われたのである。五郎兵衛が否むと、留守居役は唇を歪め、安心せよとささやきかけてきた。

「お命までいただく気はない……また、そなたにそれはできまい」

あの日、岩本甚内はぎらぎらと光る眼を向けて告げたのだった。「ご世子の座を降りていただければ、それでじゅうぶん」

「ご世子の」

五郎兵衛が眉を寄せると、岩本は大きくうなずき返す。

「その包みはさる貝から抽き出した粉で、服《の》めば四肢に痺れを起こす」

それだけだ、といって、晴れやかとさえいえる笑みを浮かべた。「心もちが軽うなったろう」

「………」

「むろん、その痺れは残る。ご世子というお立場が務まらぬほどには」

「さようなことは――」

とっさに声を荒らげたが、留守居役は動じる気配もない。

「……あくまで否むなら、娘御は戻って来ないやもしれぬ」

亀千代ぎみを廃す意があるなら、内膳正と手を組んだのは岩本だということになる。大久保家老こそそのひとと見当をつけていたから、何が起こっているのかまるで分からなかった。

殿はすでにご本復しておられます、と告げたかったが、それを洩らせば追い詰められた相手がさらに性急な手を講じる目もある。曾根大蔵とは手をむすぶ約束をかわしたものの、すでに国もとへ帰っているから、にわかにはつなぎの取りようもなかった。やむを得ず承諾の応えを返し、包みを受け取ったのである。

奥で御膳を召し上がる際にはかならず毒見役がついている。近いうち内膳正さまがお越しになるゆえ、答礼のため表へ出たおり、茶か水に混ぜよといわれていた。目付筋へ訴え出るようなことがあれば、その時点で澪がどうなるかは約束できないと釘を差されている。

亀千代ぎみと娘の面ざしが、かわるがわる脳裡に去来する。盆を胸のあたりで支えて厨を出た。何千回となく辿り慣れたはずの廊下が、やけに長く感じられる。このまま着かなければよいと願ったが、そうならないのも分かっていた。

足を踏み入れると、客間ぜんたいに秋の光が差し込んでいる。暑さは感じなかったが、おどろくほど強く、まばゆかった。はじけるような陽ざしのなかで、やはり竜胆の紫だけが浮き立って見える。その花を負う位置に坐した亀千代ぎみが、五郎兵衛を見てかるく微笑んだ。胸の奥で、なにか裂けるごとき音が響く。

若ぎみのかたわらまで近づき、跪いて畳に盆を置いた。亀千代ぎみをはさむかたちで控えていた橋崎泰之進が、存外遅うござったな、とこうべをひねる。

「造作をかけた」

ことば少なにいって、若ぎみが湯呑みへ手を伸ばそうとする。心ノ臓がひとつ、おおきく撥ねた。全身から力が抜け、畳へ突っ伏しそうになる。

「――お毒見を」

気づいたときには、自分の指さきで湯呑みをくるんでいた。若ぎみと橋崎のふたりともが戸惑い顔をあらわにする。建て前はどうあれ、みじかい休息で出される白湯くらいは、そのまま呑むのがふつうだった。

「かまわぬのではないか」

亀千代ぎみが小首をかしげ、橋崎も同意というふうにうなずいたが、五郎兵衛は耳に入らぬ体で湯呑みをおのれの身に近づける。指が震えだすのをかろうじて押しとどめた。短いあいだ懸命に考えたが、これ以外に方策が思いつかぬ。痺れが生涯残るなど願い下げだが、であればこそ、亀千代ぎみをそのような目にお遭わせすることはできなかった。忠だの義だのという題目は跡形もなく消し飛び、ただ少年そのひとを慈《いつく》しんでいるおのれに気づいたのである。

かといって、澪を見捨てることなどできるはずもない。じぶんが毒を喰らえば、留守居役もそれ以上は無体が通せなくなる、と考えたのだった。

胸まで持ちあげた湯呑みを、そろそろと唇もとへはこぶ。毒見をしてはならぬというわけもないから、若ぎみたちも、すでに留めようとはしなかった。

唇の先にひやりとした湯呑みの縁が当たる。いま一度、他のやり方はないのか目まぐるしく考えをめぐらせたが、いかにしても思い当たらなかった。零れ出そうになる吐息をおさえ、湯呑みを傾ける。

「あっ――」

小さく籠もるような叫びが、おのれの喉から洩れた。と同時に、ささえていた湯呑みが手を離れ、宙に浮いている。器の中で白湯の揺れる音がやわらかく耳朶を打った。

振り仰ぐと、湯呑みを手にした大久保重右衛門が、ふだんとおなじ不機嫌そうな面もちでこちらを見下ろしている。その後ろに、留守居役・岩本甚内が蒼ざめた顔を覗かせていた。ともに内膳正を送り、戻ってきたところらしい。亀千代ぎみが訝しげな表情で大人たちを見守っていた。

「白湯一杯にも毒見」

頭上から大久保の聞き慣れた声が降りかかる。「まこと大儀なことじゃが、そうあらねばの」

同意を求めるふうに岩本の顔を見やる。留守居役は無言で唇を震わせていた。

「さて」

大久保はあたりを見回すと、腹の奥に響くような野太さで、たれかある、と発した。次の間へ通じる襖が開き、場違いなほどのんびりした顔で安西主税があらわれる。家老が湯呑みを差し出すと、戸惑いをあらわにしながらも受け取った。

「それを玄峰《げんぽう》に調べさせよ」

お抱え医師・佐久間《さくま》玄峰のことだとすぐに分かる。安西は気圧《けお》された体でいちど跪くと、立ち上がって縁側へ出ていこうとする。

「待たれよ」

留守居役が足を進め、家老に近づいてくる。おどろくほど平静な声で呼びかけた。

「いかな仕儀によるお指図か」

「そを明らかにするための調べにて」

家老がにべもない口調でいうと、

「大久保」

亀千代ぎみが上体を浮かせ、声を発する。「何が起こっておるのか、わしも知りたい」

五郎兵衛は若ぎみを庇《かば》うようにして寄り添った。亀千代ぎみがこちらを見上げて、問いかける。

「あの白湯になにか」

「それは……」

澪の面ざしを思い浮かべると、胸が抉《えぐ》られるようだった。そのまま口籠もってしまう。

「なぜ黙っている」

若ぎみが不安に塗られた声をあげる。その響きは、どこか咎めるような匂いも帯びていた。少年の問いに応えたいと思ったが、娘の身を握られていてはできるわけもない。息を詰めて唇をきつく嚙みしめた。亀千代ぎみが悲しげに眉をひそめる。

「五郎兵衛――」

まだ大人になっていない声がひときわ高まったとき、

「話せぬわけは、ここに」

中庭から錆びた声が投げかけられた。引きずられるように面を向ける。われしらず驚きの声が洩れた。

百日紅《さるすべり》の木陰からあらわれたのは、閉門に処されているはずの目付・彦坂繁蔵だった。

そのかたわらにいる者を見て、

「澪――」

五郎兵衛よりさきに若ぎみが縁側へ進み出る。まばゆい斜光のなか、しきりに目を瞬いていた。娘が強張った頰をわずかにゆるめ、袴に手を当ててふかぶかとこうべを垂れる。

「彦坂……いったい」

亀千代ぎみにつづいて縁側へ出た五郎兵衛が、呆然とした声で問う。彦坂は大久保家老のほうへ視線を走らせると、いくらか決まりわるげにいった。

「そろそろ、なにかが起こるといわれてな……ひそかに閉門を解くゆえ、かわりにお留守居役の身辺を探れと命じられた」

澪が拐《かどわ》かされたこともいち早く察知し、心当たりをしらみつぶしに当たった。先ほど、ついに中屋敷の一室で軟禁されていたのを見つけ出したという。曾根大蔵は下屋敷の田崎老人と懇意にしていたが、留守居役のほうは中屋敷を根城にしていたらしい。

うっ、と喉が潰れるような呻きをあげて岩本が膝をつく。畳に突き立てた指先がおおきく痙攣《けいれん》していた。

「岩本さま」

五郎兵衛は二歩三歩と足をすすめ、留守居役のそばに近づく。見下ろした髷には思いのほか白髪が目立ち、もともと痩せた軀がひどく小さく見えた。

この男にどのようなことばを掛けたいのか、自分でも分からぬ。が、勝利めいた感慨はもちろん、切所《せつしょ》を脱した安堵すらなく、重い虚しさのようなものだけが胸の奥に満ちていた。

留守居役がおもむろに額をあげる。うつろと呼ぶほかない笑みが頬のあたりを歪めていた。

「そなたには分からぬ」

絞り出すように声を洩らす。五郎兵衛が眉を寄せると同時に、

「あとひとり」

といって大久保家老のほうを仰いだ。「あとひとりいなくなれば、頂《いただき》に立てると感じたものの気もちが」

岩本は一代で留守居役にまで成り上がった男である。五郎兵衛や大久保もふくめ、たいていの者は家格によって就くお役が決まっているが、あるいはそれを理不尽と感じていたのかもしれぬ。

耳もとで深い溜め息が聞こえた、と思うと、いつのまに座敷へあがってきたのか、目付役・彦坂繁蔵が浅黒い顔を俯けて岩本を見つめていた。

「お話はあらためて伺いまする……まずはお屋敷にてお慎み願いたく」

そのまま大久保家老に目をやると、低い声が返ってくる。

「正式にお沙汰が決まるまで閉門とする。こたびはそうたやすく解けまいがな」

顎を引いた彦坂が、ささやくような口調で留守居役をうながす。岩本は膝をゆすりながら腰を起こしたが、立ち上がった途端、足もとがおぼつかなげに揺れた。

考える間もなく、五郎兵衛はとっさに手を差し出している。留守居役の肩と肱《ひじ》をささえると、裃《かみしも》を通して意外に太い骨の感触が伝わった。

「……すまぬ」

岩本がわずかに口角をあげる。どこか灰汁《あく》の抜けたような笑みだった。五郎兵衛の手をゆっくりとほどき、彦坂に向けてうなずきかける。

連れ立って座敷を出てゆくふたりを見送り、縁側のほうへ目を向ける。いつの間にか大久保家老と安西主税の姿も消えていた。医師のところへ、くだんの湯呑みを持っていったのだろう。橋崎泰之進だけが、腰を下ろしたまま魂を抜かれたような面もちで中庭を見やっていた。

庭に下りた亀千代ぎみが澪とことばを交わしている。案じ顔の若ぎみをなだめるようにして、娘が白い歯を見せていた。咲きほこる竜胆に日が差し、庭いちめんにあざやかな紫色が滲んでいる。五郎兵衛はことばも出ぬまま、瞳のなかに秋の色が染みてくるのを感じていた。

十一

「なが心労をかけたの」

上げ畳に坐した和泉守正親が声をかけると、広間に居並んだ家臣たちがそろって平伏する。かなり後方ではあるが、五郎兵衛も座につらなっていた。

ようやく病が癒えたという触れ込みで出府したのである。雪が降ると道中は難しかったろうが、その前に江戸入りすることができた。

家臣の最前列に顔を揃えているのは、むろん大久保重右衛門と曾根大蔵である。ふたりして、何ごともなかった体で主君を仰いでいた。

――何ごともなかったといえば……。

そっと安堵の息を吞みこむ。切腹は免れぬと思われた岩本甚内には、和泉守の裁断で隠居と大幅な家禄削減の処分がくだった。二度と表舞台に出ることはないだろう。が、藩邸の大立者ふたりにつなぎを取ってきた内膳正とは、以後まじわりを断つに留まった。この方が欲心を起こさなければ岩本も動きようがなかったはずだから、理不尽なものを覚えずにはいられぬが、ご府内で御家騒動が起こっていたと知れては公儀への聞こえも憚られる、との慮りがあったと聞いている。

「――ひとつお伺いしたきことがございます」

騒ぎから数日後、べつの報告で大久保家老と対した折、尋ねたことがある。内膳正屋敷の近くで、大久保のものと思われる駕籠を目にしたと告げたのだった。

「それは逆よ」

家老がさもおかしげにいった。「波岡に留守居役の動きを張らせておった」

「では……」

あの折、内膳正を訪れたのは岩本甚内のほうらしい。大久保家老は彼のお方からのつなぎを端から無視していたという。しばらくは声も出なかったが、思い切って心中にわだかまっているものをぶつけてみた。

「さればなぜ、彦坂を閉門に」

「こそこそ動かれては目ざわり……曾根とて味方というわけでもない。釘は差しておかねばな」

おもわず応えに詰まった。ややあって、むすんでいた唇をゆっくりと開く。

「まことに恐れ多きことながら、あるいはご家老さまこそ、若ぎみを廃するおつもりならんと考えておりました」

亀千代ぎみが行方知れずになった折のことである。この御仁は、「むりに見つけずともよい」と言い放ったのだった。

「そう思わせておいた」

つまらなそうな表情で家老が応える。「本心でないものを見せておいたほうが、なにかと上手くいく」

「さはいえ……」

口籠もっていると、ようやく笑みらしきものが家老の唇もとに浮かぶ。ごくかすかで、苦いものを含んだ笑い方だった。

「それに」いかにも興なげな体で語を継ぐ。「探すなといったわけではない。どうせすぐ戻って来られるのだから、慌てずともよいと思うたまで」

「えっ」

とっさに息を吞みこんだ。若ぎみがご自分の考えで行方を晦ましたことは、はじめのうち分かっていなかった。大久保家老は端からそれを見越していたことになる。

眼前に坐す、やけに大きな目鼻を啞然として見守る。大久保が人差し指をあげ、幾度か自分のこめかみを突ついた。

「勘じゃ」

と言いたいらしい。勘に頼るな、という亡き父のことばを思い出した。何でも屋はそれでよいが、一家の屋台骨をささえる人物には必要なものなのかもしれぬ。その勘がおとろえたとき、このお方も退くことになるのだろうと思った。

「されど」

脳裡をある光景が過ぎり、それに誘われるごとくことばが飛び出す。大久保にひと刺し報いてやりたい心もちもあった。「すんでのところで、という折がござりましたぞ」

弁天堂の裏で謎の武士に襲われたことをいっている。五郎兵衛は若ぎみを守ろうと覆いかぶさり、安西主税の意外な剣技に救われたのだった。

ああ、とみじかく応えて、大久保がめずらしくいたずらっぽい眼差しをかたわらに向ける。それまで身じろぎもせず控えていた波岡喜四郎が、決まりわるげに面を逸らした。

「せっかくの折ゆえ、そなたが物の役に立つか見定めさせてもらおうと思うての」

すまなんだ、といって声をあげて笑う。このひとの笑声を前に聞いたのはいつだったか、どうしても思い出せなかった。

あの折の刺客は波岡ということらしい。とはいえ、ご世子に刃を向けるなど、と苦言のひとつも呈したくなったが、

「若ぎみではのうて、そなたに向けたのよ」

と返されるのは目に見えていた。


ふいに虫の音が耳にとまり、我にかえる。蟋蟀《こおろぎ》は昼間でも啼くのだな、と思った。いつまで経っても、知らぬことはなくならぬらしい。

気がつくと、座を占めていた家臣たちが立ち上がり、三々五々退出しようとしている。和泉守正親はまだ上げ畳に腰を下ろしているから、退ってよいとのお言葉があったのだろう。思いに耽っているうち、それなりに刻が過ぎたものらしかった。

あわてて膝を起こそうとすると、

「里村は残れ」

主君じきじきに声がかかる。大久保家老はつかのま訝しげな面もちを浮かべたが、とくに異を唱えるでもなく足をすすめる。衣擦れの音が秋の大気に溶け込んでいった。

最後に曾根大蔵が立ち上がり、こちらへ向けて子犬のごとき笑みを送ってくる。声もなく唇が動いていた。見間違いでなければ、また呑もう、といっているふうに思える。

皆がいなくなると、二十畳敷きの広間がいちどきに冷えてくるようだった。冬のおとずれには間があるが、秋は確実に深まっている。

五郎兵衛は末席に近いほうだから、上げ畳まで三間ほども空いている。あるじ正親はくすりと笑うと、

「もそっと」

懐から扇子を取りだし、差し招くようにした。はっ、と応えて膝行《しっこう》し、へだたりを詰める。あらためて主君の面ざしを見つめた。

よく日に焼けた肌の奥から、くっきりとした眼差しがこちらに注がれている。内膳正に似た張り気味の顎とも相まって、いかにも精気に満ちたたたずまいといってよかった。病の跡はもううかがえない。

「造作をかけたの」

いって、腰のものに手をのばす。脇差を抜くと、ずいと差し出してきた。遣わす、ということらしい。

戸惑いながらさらに膝をすすめ、低頭して両手を掲げる。掌へ載せられた鞘に、あるじの温もりが残っていた。

「亀千代は」和泉守がぽつりとつぶやく。その響きに誘われるごとく面をあげた。「すこし大きくなったな」

「仰せの通りかと」

あるじの言うのが軀のことを指すのかそうでないのかは分からなかったが、迷わず応えていた。

「岩本のこともな」

和泉守正親が虚空に視線を遊ばせながらいった。「ひとが死ぬのは好みませぬ、と申しおって」

「………」

困惑が喉をふさぐ。はじめて耳にする話だった。和泉守がこちらの面を覗き込むようにする。

「たしか、そなたの口癖だったと思うが」

「いかにも……が、若ぎみに申し上げた覚えはございませぬ」

あるじは虚を衝かれたような面もちとなったが、じき我にかえった体で、まあ、それはいい、といった。

「だから赦《ゆる》した、というようなものではないが、いくばくか考える元にはなった」

どう応えるべきか、見当がつかなかった。和泉守正親が、どこかわざとらしい苦笑を唇もとに刻む。

「久しぶりに会うたら、そなたのことばかり話しおる……いささかやゝかみを覚えたな」

「滅相もないことでございます」

指さきを突き、あらためて低頭する。むろん、うれしくないはずもないが、だれかの目に留まりすぎるのは、差配役のつとめからはみ出ているところがあるのかもしれぬ。居ることを忘れられるのがこのお役の要諦、とは亡父がたびたび口にしていたことだった。

互いにことばを途切れさせたまま、ゆるやかな刻が過ぎていく。和泉守が、ふと右手のほうに視線を流した。つられて目で追うと、白くかがやく光のなかで中庭の光景が浮かび上がっている。

萩や桔梗《ききよう》はとうに終わり、楓が赤く色づいた葉を天に向かって差し出していた。あたりいちめんが赤く染まっているように見える。すこし風があるのか、鰯雲《いわしぐも》が高い空をゆったりと渡っていった。

「……澪も達者なようじゃの」

ふいにあるじが発した。面を向けると、かすかな寂しさをたたえた目でこちらを見つめている。「奥へ出入りしておるなら、会う折もあろう」

「はっ」

短くこたえて腰を折る。面をあげながら、しぜんとうれしげな笑みが唇もとにのぼった。

「近ごろは、ますます小太刀のほうにご執心で」

だれに似たかの、といって和泉守が破顔する。たしかに、あるじ正親も澪の母もひと通りのことは心得ているものの、かくべつ武芸に熱心というわけではなかった。

おのれの次女として育ててはいるが、澪は和泉守正親と、亡妻の妹・咲乃とのあいだに生まれた子だった。正妻のお煕とははやばやと婚約がととのっていたが、齢も離れており、じっさいに嫁いできたのはずいぶんと後のことである。その間、ご世子だった正親が奥に奉公していた咲乃と思いをかよわせ、さずかったのだった。

むろん側室として迎えるつもりだったが、父である当時の藩主が肯《がえ》んじなかった。お煕はさる譜代大名の息女で、老中の仲立ちで婚約を交わしたのである。外様の身として、そうしたもろもろを憚ったらしい。咲乃は身重のまま、実家へ帰されることになる。

ちょうど五郎兵衛の妻・千代が病に臥していた折だったから、身ごもった体にして、生まれた女児を引き取った。千代がそのまま亡くなってしまったため、しぜん産褥《さんじょく》での死というかたちになる。秘中の秘であることは言うまでもない。だからこそ、岩本も澪を質に取れば抗えぬと踏んだのだろう。

じつの父母をべつにすれば、いま生きているものでこのことを知っている人数は限られている。藩邸の上つ方三名と峰尾、それに五郎兵衛だけである。千代たちの父はむろんすべてを承知していたが、ほどなく世を去った。家を継いだ咲乃の弟は、姉が若き日に不義の子でも孕《はら》んだと思いこんでいるが、明らかになればおのれの損でもあるから口を噤んでいる。まだ幼かった七緒が察しているのかどうかは分からなかった。口外するような娘ではないから、わざわざ問うつもりもない。

微笑をたたえる和泉守を見上げながら、胸の奥に疼《うず》くものがあった。こんなに早う殿とふたりきりになりたくはなかったな、と内心でひとりごちる。

近いうち、あるじに告げねばならぬと思っていたことがあった。口にした結果、この方の信をうしなうことになるかもしれぬが、武士として、いや人として黙っていることはできない。が、それを明かすのは大きな虞《おそ》れをともなってもいた。われしらず、背骨の奥が小刻みに震えている。

「殿――」

ややあって絞り出した声も、やはり揺れていた。「申し上げねばならぬことが」

あるじは軽い調子で、ほうとつぶやいたが、すぐに笑みを消した。五郎兵衛のただならぬ様子に気づいたのだろう。うながす体で眼光がするどくなる。

「澪……さまのこと」喉の奥に重く閊《つか》えるものを覚えたが、振り払うように発する。

「他言無用の誓いを破りましてござりまする」

和泉守がとっさに頬を歪める。それは瞋りというより、どこか哀しみに覆われた表情だった。血色のよい唇を噛みしめながら告げる。

「だれにじゃ」

あるじの声音はどこまでも平坦で、感情をうかがうことは難しかった。五郎兵衛は眼差しを伏せて発する。

「それは申せませぬ」

「馬鹿な」

はっきりと苛立ちの含まれた響きが降りかかってくる。面をあげると、和泉守は手にした扇子をきつく握りしめていた。ぎしぎしと骨の鳴る音が、人けのない座敷に広がってゆく。

「身の至らなさから出たこととはいえ、御家にとって秘中の秘。明かしておいて仔細申せぬとは無体であろう」

「まことと仰せの通り」

拝領した脇差に添えた手がじっとりと汗ばんでいる。額にも滲みだすものを覚えたが、拭うことができなかった。「が、片意地張るにはあらねど、いかにしても申し上ぐること能《あた》わず」

「咎めを受けてもか」

和泉守が、上げ畳から身を乗り出した。大刀の柄に手を這わせ、こめかみをひくつかせている。暴君にはほど遠いお方だが、時おり怒りを抑えきれぬ質ではあった。五郎兵衛はあるじの瞳を見つめながら、おもむろに唇をひらく。

「……受けても、でござりまする。望みはいたしませぬが」

刀を握った拳に力が入ったと分かる。おもわず瞼を閉じると同時に、大きく深い吐息のこぼれる音が耳朶を打った。

おそるおそる目をあけると、あるじ正親がどこか疲れたような、呆れたような面もちを浮かべている。わけなら言えるか、とささやくふうな声でいった。いつの間にか口中に湧きだしていた唾を呑みくだし、ひとことずつ刻むごとく応える。

「――さる人の尊厳を守るため、とだけなら」

「尊厳……」

耳で聞くのははじめてだの、とひとりごとめかしてつぶやいたが、揶揄《やゆ》する気配はなかった。そのまま、考え込むように眼差しを落とす。とっさに喉を突いたことばだが、たしかに五郎兵衛じしん、声にしたのは初めてかもしれなかった。

五郎兵衛が明かした相手は、亀千代ぎみである。

「澪を……いつか娶《めと》ることはできぬだろうか」

日本橋の池田屋で、わざと五郎兵衛を厠にともなったとき、亀千代ぎみはそういったのだった。

おぼえず絶句したが、少年はわずかに頰を赤らめながらも、怖じることなくこちらを見つめている。こわいほどつよい眼差しが五郎兵衛を捉えていた。

思案に使える間はほとんどなかったし、ふしぎに迷いもしなかった。

「……恐れながら、それは叶いませぬ」

と応えたあと、十数年だれにも話さなかったことを若ぎみに伝えたのである。

亀千代ぎみほどの聡さであれば、家臣、それも里村ていどの家から妻をもらうなどあり得ぬと分からぬはずもない。それでいて、側室などとは口にしないところが少年の真摯さをあらわしていた。

この年ごろの男子《おのこ》がすこし齢上の女子《おなご》に心を寄せるのは、よくあることに違いない。が、よくあるから蔑《ないがし》ろにしていいとは思えなかった。おざなりな言葉でごまかすには、少年の視線がまっすぐ過ぎたともいえる。この方の心もちを守るには、まことのことを告げねばならぬと感じたのだった。

亀千代ぎみがこの事実をどう咀嚼なさっているのかは分からぬ。直後はともかく、一見、これまでと変わらぬ振る舞いを心がけておられることは痛いほど伝わってくる。が、いっときの気まぐれを口にする方ではないから、そうたやすく平静には戻れぬだろう。とはいえ、求められればべつだが、自分から口をはさむ気はなかった。所詮、他人ができることなど、そう多くはない。

どれくらいの刻が経ったか、いつのまにか中庭ですだく虫の音が大きさを増している。和泉守がふと気づいたという体で、耳をそばだてた。放心したような面もちで、そのまま聴き入っている。

ひやりとした夕べの風が座敷に流れこんできた。足先がずいぶんと冷えていることに気づく。視界にひろがる楓の赤も、すこし沈んだように見えた。

にわかに大気が動いた、と思う間に、和泉守正親が腰を起こしている。上げ畳からゆっくりと下り、五郎兵衛のかたわらに立った。そのまま、重い戸をこじ開けるような動きで手を伸ばしてくる。おもわず身を竦めると、大きな掌が先ほど拝領した脇差をつかんだ。

「とりあえず、これは返してもらおう」

いって、にやりと笑いかけてくる。「帳消しじゃ」

はっと応えて平伏する。これ以上ないほど深く下げた耳もとに、遠ざかってゆくあるじの足音がながく響いていた。

和泉守の気配が消えても、五郎兵衛は頭を上げられずにいる。そうしていると、虫の声にまじり、風音や池の波立つ響きが耳をそよがせた。葉叢のさざめく音が、それにまじっている。まるで藩邸全体がひとつの調べに包まれているようだった。それは幾重にも重なり、どこまでも高鳴ってつづいてゆく。あるいは秋の足音というべきかもしれなかった。

この音が通り過ぎたとき、冬がおとずれるのだな、と五郎兵衛は思った。

初出
「拐し」　オール讀物二〇二一年十二月号
「黒い札」　オール讀物二〇二二年三・四月号
「滝夜叉」　オール讀物二〇二二年六月号
「猫不知」　オール讀物二〇二二年九・十月号
「秋江賦」　オール讀物二〇二二年十二月号及び
二〇二三年一月号

装画　野口満一月
装丁　関口聖司

砂原　浩太朗（すなはら・こうたろう）

一九六九年生まれ、兵庫県神戸市出身。早稲田大学卒業。出版社勤務を経て、フリーのライター・編集・校正者に。二〇一六年「いのちがけ」で決戦！小説大賞を受賞し、デビュー。二一年に刊行した時代小説『高瀬庄左衛門御留書』が山本周五郎賞、直木賞候補となったほか、野村胡堂文学賞、舟橋聖一文学賞、本屋が選ぶ時代小説大賞を受賞し話題に。翌二二年には、『黛家の兄弟』で山本周五郎賞を受賞。『高瀬庄左衛門御留書』と『黛家の兄弟』は神山藩シリーズとして人気を博している。その他の著書に、『いのちがけ　加賀百万石の礎』、共著に『決戦！桶狭間』『決戦！設楽原』『Story for you』など、また歴史コラム集『逆転の戦国史』がある。

藩邸《はんてい》差配役《さはいやく》日日《にちにち》控《ひかえ》

二〇二三年四月三十日　第一刷発行

著者　砂原《すなはら》　浩太朗《こうたろう》
発行者　花田朋子
発行所　株式会社　文藝春秋
〒一〇二‐八〇〇八
東京都千代田区紀尾井町三‐二三
☎〇三‐三二六五‐一二一一

印刷　凸版印刷
製本　大口製本
組版　萩原印刷

ISBN978-4-16-391689-7

『本売る日々』

（著：青山文平）

江戸時代の豊かさは、村にこそ在り。
本を行商して歩く私が見たものは、本を愛し、知識を欲し、
人生を謳歌する人びとだった。
柴田錬三郎賞&中央公論文芸賞、W受賞の著者による最新刊。